**editora Urutau**

rua do cajú, 478,
jardim das cerejeiras
06724-015
cotia-sp (brasil)

rua manuel pacheco nobre, 128 - 5º esquerdo
2830-080
barreiro (setúbal)
portugal

[+351] 928053619 [portugal]
[+55] 11 9 4859 2 426 [brasil]

www.editoraurutau.com.br
contato@editoraurutau.com.br

[EDITORA]
debora ribeiro rendelli
[REVISÃO]
juliana palermo
[PROJETO GRÁFICO]
wladimir vaz
[COORDENAÇÃO GRÁFICA]
tiago fabris rendelli
[DIAGRAMAÇÃO]
victor h. azevedo
[CAPA]
victor h. azevedo, sobre pintura de jan ciągliński



**dados internacionais de catalogação na publicação (CIP) de acordo com ISBD**

jordão, carolina
J82a aconteceu muita coisa nos últimos três anos / carolina jordão. - cotia : urutau, 2023. 120 p. ; 13cm x 19cm.

ISBN: 978-65-5900-517-8

1. literatura brasileira. 2. prosa. I. título.

CDD 869.985
2023-1496 CDU 869.0(81)

elaborado por odilio hilario moreira junior - CRB-8/9949

# ACONTECEU MUITA COISA NOS ÚLTIMOS TRÊS ANOS

CAROLINA JORDÃO

[primeira edição]
**URUTAU**
junho de 2023

## sumário

A todas e todes que vieram antes de mim e ousaram tornar suas existências reais, mesmo quando julgadas/es como imorais.

# VOCÊ TEM UMA NOVA MENSAGEM

Não tinha noção de que dia era. Não sabia se ainda estávamos em abril ou se já era maio. Não tinha ideia de qual estação estávamos vivendo, todo dia que chovia me perguntava por que chovia e todo dia que estava ensolarado me perguntava por que fazia sol.

Fazia duas semanas que estava isolada no meu apartamento, sem sair para absolutamente nada. Meus contatos com outras pessoas eram feitos por meio da internet, e a única pessoa que eu via pessoalmente era o porteiro do prédio, seu João. João tinha 42 anos, um cansaço aparente nas rugas no rosto e comentários sobre a quantidade de mortos por covid na ponta da língua. Nunca entendi por que ele me contava isso, mas sempre respondia um *"É verdade? Meu Deus!"*.

O silêncio que pairava na rua criava um chiado ensurdecedor. Às vezes havia pessoas caminhando pela calçada com passos velozes. Na maioria do tempo, tudo ficava deserto demais.

Levantei às 9:10, atrasada para minha reunião das 9 horas. Julgando que era domingo, desliguei o despertador no primeiro toque, nervosa por não ter desabilitado essa função do celular. Na segunda vez, esfreguei os olhos com força e observei todos os detalhes na tela, até que a palavra "segunda-feira" se destacou no meu campo de visão. Corri para a sala do jeito que estava e liguei o computador, enquanto digitava uma mensagem para Ana, a chefe do meu setor. *"Oi, desculpa, desativei meu despertador e..."* Apaguei tudo e comecei novamente: *"Oi, Ana, tudo bem? Meu despertador não tocou hoje, já estou ligando o computador e entrando na reunião. Desculpa o atraso"*. Digitei vários "o" na palavra "atraso", mas achei que ficaria um pouco estranho para uma mensagem de atraso. Apaguei, deixei apenas um e enviei.

Dividi minha atenção entre encarar a tela do celular, como quem assiste a um forno assando um bolo, e escrever a senha do computador. Abri o navegador que usava todos os dias e entrei na sala da reunião. Estava rolando um bate papo com dois clientes, sobre como estavam suas vendas nesse período e o que eles precisavam de nós nesse momento. Nós, a consultoria de marketing.

Ana me apresentou, com um tom de voz calmo e aguardou que eu falasse rápidas palavras. *"Oi"*, *"desculpe"*, *"me atrasei"*. Sentia-me sonolenta e não prestei atenção em nenhuma palavra que proferi.

A reunião durou uma hora e meia, e durante esse tempo fiquei me perguntando qual era o assunto central e qual seria meu envolvimento no projeto. Quiçá eu não conseguia me concentrar por causa do sono, da falta de interesse ou do vocabulário técnico que usavam. Resolvi deixar rolar e, quando me despedi, pedi à Ana que me enviasse um e-mail com os próximos passos.

Ainda não tinha entendido a dinâmica de trabalhar em casa e não me sentia tão produtiva quanto no escritório. Era difícil me concentrar em um ambiente diferente do ambiente "firma". Tentei todas as dicas da internet, *"como se concentrar trabalhando em casa"*, *"12 dicas para o seu home office ser mais efetivo"*, *"como ser produtivo em tempos de crise"*. Nada me ajudava. Nas postagens das redes sociais, as pessoas pareciam adaptadas ao novo sistema, verdadeiras máquinas de trabalho e felicidade, e eu era a única que não conseguia manter minha atenção focada em uma tela de computador durante oito horas seguidas, escrevendo textos que faziam propagandas para produtos que eu mesma nunca compraria. Por volta de meio-dia, somente um artigo publicitário estava pronto, para um dos clientes da reunião com Ana. Li e reli o artigo um número de vezes suficiente para gravar cada palavra que havia digitado no bloco de notas. Não gostei do que havia produzido, mas enviei mesmo assim. *"Se precisar de correções, me avise, Ana. Beijos, se cuide."* Apertei "enviar" e fui para a cozinha.

Encarei a geladeira por vários minutos, esperando que uma brilhante ideia de almoço me viesse à mente. Poderia fazer uma salada, mas não tinha legumes ou vegetais em casa. Uma omelete, talvez, porém sem ovos ficaria difícil. Não imaginei nenhuma receita com um pedaço velho de queijo, uma cebola e um resto de arroz. Abri o armário e encontrei um macarrão instantâneo. Três minutos depois, estava pronto. Reparti o horário de almoço entre comer e observar o que as pessoas estavam postando nas redes sociais nos últimos dias, gastando meu tempo com os olhos cravados na tela do celular. *"Quarentena servindo para atualizar minhas séries."* Tirei uma foto da série que passava na televisão e postei.

*"Você tem uma nova mensagem."* Abri meu diretório de mensagens e cliquei na última recebida. Era de uma mulher que já tinha visto em alguns bares, com conhecidos. Nunca havíamos conversado diretamente. *"Olha, que massa, essa é minha série favorita. Se gostou dessa, veja esse artigo com várias outras indicações."* Logo depois dessa mensagem, ela enviou uma publicação de um site diferente.

No artigo me deparei com várias indicações de séries e filmes sobre os quais eu nunca havia ouvido falar. Salvei o link num bloco de notas qualquer e voltei para a conversa com Júlia. *"Opa, que ótima indicação, vai salvar minha quarentena por aqui, hahahahaha."* Li o que digitei. Apaguei alguns "ha" e enviei.

As louças sujas na pia assistiram à chegada de mais um prato, garfo e copo igualmente imundos. Cuidar das tarefas domésticas também era um desafio no momento. Talvez devesse acessar algum blog sobre sobrevivência na quarentena e ler um texto sobre como ser produtiva no trabalho, manter a limpeza da casa em dia e ter uma vida social de forma online, que era a única possível.

Voltei aos meus afazeres do trabalho. Ainda precisava redigir dois artigos para dois clientes diferentes e não sabia de onde tiraria criatividade. A rotina de ficar no mesmo ambiente vinte e quatro horas por dia me cansava. Sentia uma falta absurda de qualquer tipo de contato físico com seres humanos, e seu João, com seus papos de pandemia, não conseguia suprir toda essa falta.

No bloco de notas do computador, deixei o que claramente era uma falta de inspiração, trabalhar por algumas horas. Depois de algumas horas, produzi metade de um dos dois artigos que precisava enviar.

*"Oi, Ana, tudo bem? Não consegui terminar os dois artigos hoje, tive alguns bloqueios, não saiu nada. Mas te prometo que até quarta-feira te envio tudo prontinho."* Observei a mensagem e preferi apagar. *"Oi, Ana, tudo bem? Tive uma enxaqueca horrível hoje* à *tarde, consegui escrever só um pouco de um dos artigos, posso te enviar tudo até quarta? Obrigada e se cuide."* Por que preferimos colocar a culpa em alguma coisa externa do que dizer: *"desculpa, chefe, estou num péssimo dia, me sinto um lixo, estou improdutiva, a criatividade passou longe, e é isso. Amanhã isso está na sua mesa. Foi mal."*? Optei por culpar a enxaqueca imaginária. Ana visualizou a mensagem e me retornou no mesmo segundo: *"Tudo bem, Rô. Melhoras, vai se cuidar e não se preocupa com esse prazo, até quarta é tranquilo. Um beijo"*.

Ao finalizar o dia de trabalho, meu planejamento apontava que era hora do lazer. Repetindo as tarefas de sempre, fui até a sala para assistir a televisão. Gastei trinta minutos navegando nas opções de filmes e séries que tinha disponível, sem coragem de começar alguma. A desistência já estava se espalhando pela minha corrente sanguínea, como um vírus avassalador que invade corpos alheios, quando me lembrei da mensagem de Júlia e do artigo enviado. Abri a lista novamente e escolhi um título qualquer.

Acabei em um filme de ficção sobre algumas mulheres e o movimento feminista nos Estados Unidos. O filme possuía 95 minutos, e eles passaram tão rápido que não me lembrei de checar as mensagens no celular durante esse tempo.

*"Eiiiii, vi um dos filmes da lista que você me mandou."* Digitei dentro das mensagens trocadas com Júlia. Será que eu já deveria enviar um "ei" assim com tantos "is"? A insegurança se instaurou dentro de mim e se apegou a todos os meus pensamentos. Digitei novamente. *"Ei, vi um dos filmes da lista que você me mandou. Sobre o movimento feminista nos EUA, achei bem massa. Vou tentar seguir a lista e ver todos, haha. Valeu pela dica."* Enviei. Reli depois de enviada e me arrependi. Senti que havia enviado uma bíblia para uma pessoa qualquer, que talvez não quisesse conversar tanto assim comigo. Joguei o celular para o lado e coloquei o primeiro desenho animado que encontrei para passar na televisão.

Cinco minutos depois, senti meu celular vibrar e vi a notificação: *"Você tem uma nova mensagem"* aparecer na tela.

Entrei direto nas mensagens e vi que era Júlia. Senti uma palpitação estranha e um formigamento na mão. *"Eu nem conheço ela, por que tudo isso?"* Sussurrei sozinha.

*"Olha só, você foi direto no meu favorito dessa lista. Eu curto esse filme para caramba, ele mostra toda uma visão diferente da discussão e me fez pensar em vários pontos de vista diferentes."* Li essa mensagem mais de uma vez. Digitei algumas palavras e apaguei todas, sem saber muito bem o que falar. Ela estava puxando assunto comigo ou só fazendo um comentário qualquer? Eu deveria responder essa mensagem? Será que apenas curtir o que ela enviou já bastaria? Qual o número exato de "ha" eu poderia enviar para que ela entendesse que eu estava interessada, mas não desesperada? Na realidade, o desespero por contato humano era tão grande que eu não fazia ideia de qual era a resposta para essas perguntas.

*"Que massa que eu fui no seu favorito, hahaha."* Escrevi e no mesmo instante apaguei a mensagem. Não fazia o menor sentido mandar isso para alguém, e eu não sabia por que eu havia pensado nisso. Enquanto me concentrava em escrever algo, Júlia enviou uma nova mensagem. Será que ela também digitava e apagava as coisas até sair com a frase perfeita para me enviar?

*"Inclusive, tenho outra ótima indicação dessa lista. O segundo filme é um documentário sobre mulheres em presídios brasileiros. Se você curte esses assuntos e documentários, pode ver sem medo!"* Não havia terminado de ler a mensagem e já estava com o controle na televisão em mãos, para colocar

o novo filme indicado. *"Olha só, não só me interesso, como vou ver agora."* Enviei sem pensar duas vezes e deixei o celular no canto do sofá, de cabeça para baixo para não ver os retornos.

Concentrei-me nas imagens à minha frente, mas meu pensamento flutuava sem nenhum esforço. Ele ia até Júlia, pensava nos dias em que nos esbarramos nos bares e se perguntava por que nunca havíamos conversado antes. Tínhamos amigos em comum e nunca havíamos sido apresentadas. Lembro de trocar olhares com ela num dia qualquer, num boteco qualquer, depois de várias cervejas. Seria isso coisa da minha cabeça ou esse momento realmente aconteceu?

Era 8:45, e eu não estava atrasada. Saí da cama com calma, coloquei a primeira camisa que encontrei pela frente e fui direto para a cozinha passar um café.

*"Você tem uma nova mensagem."* Peguei o celular e fui direto verificar o que havia recebido. Algumas notificações eram propagandas de lojas, promoções de quarentena, um oi da minha mãe e uma nova mensagem de Júlia. Júlia. Júlia. Júlia, Júlia.

O nome se repetiu em minha mente enquanto a água borbulhava na panela, gritando que precisava sair dali antes de evaporar completamente. Desliguei o fogo e despejei todo o líquido no coador de café, enquanto abria a mensagem de Júlia. *"Vai ver mesmo? Me conta o que achou depois."* Outra mensagem: "*ah, acho que te via sempre no bar do seu José, com a Ivana e umas amigas dela, era você,* não é? Hahaha".

Levei meu café até minha mesa de trabalho. Liguei o computador e comecei a digitar uma mensagem para ela. "*Simmm, eu sempre estava por lá, acho que já te vi lá também, inclusive, não sei por que nunca conversamos, nem saímos juntas haha. E como está essa quarentena por aí?*" Eu pensei em apagar tudo e reescrever tudo com um ar de "vamos começar esse jogo e eu vou te esnobar, porque é assim que se joga". Por que esse o esquema feito quando você está interessada em alguém? Não seria mais fácil responder rápido e criar um diálogo longo? Enviei a mensagem.

Li os e-mails novos de trabalho e abri o artigo que precisava concluir para quarta-feira. Optei por desligar o celular e me foquei completamente na publicidade.

Estava usando mais a tecla de apagar do que as teclas de letras. A dificuldade de produzir era enorme. Minha cabeça rodava como um tornado desgovernado. Apenas momentos de lazer poderiam sumir com meu estresse, e, antes que pudesse pensar no que iria assistir hoje, recebi uma notificação no celular.

"*Você tem uma nova mensagem*" pulsava no menu inicial. Cliquei na notificação e fui levada diretamente para uma nova mensagem de Júlia.

"*Olha, não vou negar que sempre que você estava em algum lugar eu ficava te reparando, mas você nunca me deu bola, ha-*

*haha. E estou vendo inúmeros filmes para não enlouquecer, e você, Rô? Que que você anda fazendo aí?"* Logo comecei a digitar, sem nem pensar: *"também estou assim. Acho que vou ver mais um filme da sua lista hahaha. E não acredito que você ficava me reparando, por que nunca foi falar comigo? Haha".*

Coloquei o quinto filme da lista que Júlia enviou. Era sobre alguma máfia chinesa e alguns contrabandos para o Paraguai. Não entendi muito bem a sinopse, nem como isso se conectaria, mas me interessei pelo desconhecido e complicado e cliquei no filme.

*"Você tem uma nova mensagem."* Abri o celular tão rápido que quase o deixei cair. As palmas das minhas mãos transpiravam, nervosas. Em sua mensagem, Júlia dizia: *"Medo da rejeição, talvez, hahaha. E qual você vai ver?"*. Comecei a digitar um retorno, quando uma nova mensagem chegou: *"Posso ver contigo? A gente faz uma chamada de vídeo".*

Meu coração deu saltos inusitados, como se tentasse sair de onde estava. Sentia-me enjoada e eufórica, ao mesmo tempo. Deveria dizer que sim? Poderia fazer um charme e falar que não? Logo comecei a digitar.

# CONVITE

Era sexta-feira. Olhei para a rua através da janela ao meu lado. Carros corriam pela via da direita e outros pela esquerda ao som de buzinas e roncos de motores. Os faróis piscavam, iluminando o início de noite que chegava. O trânsito no centro da cidade era caótico e impaciente nesse horário, a pressa dominava todos os motoristas que giravam os volantes de seus carros arranhados.

Ouvi alguns ruídos atrás de mim e rodei minha cadeira para ver quem estava conversando.

— Você vai com a gente, Amanda? Cerveja em dobro no bar da Dona Maria, bora? — Juliana comentou, arrumando suas coisas enquanto se levantava da cadeira. Marília também repetia esses mesmos movimentos, e, quando pisquei, as duas estavam ao meu lado.

— Olha, eu tinha várias coisas para fazer, mas vou fazer esse sacrifício por vocês — comentei, fazendo ambas sorrirem.

Marília e Juliana já estavam engajadas em alguma conversa, sobre algum rapaz da empresa. Presumi que seria Pedro, o novo líder do setor de atendimento ao cliente. Elas comentavam como o cabelo desarrumado dele era bonito, se perguntando se o desgrenhado era feito de propósito ou se ele acordava daquele jeito mesmo. O bar da Dona Maria era o ponto de encontro de todas as pessoas que estavam na região do centro. Não tinha um público específico, e qualquer tipo de pessoa parava para tomar uma cerveja ou comer um sanduíche lá. Normalmente, a partir das 17 horas de todos os dias da semana, o espaço do bar já começava a lotar, e a partir das 19 horas a rua em frente já estava tomada por pessoas em pé, com um copo de cerveja na mão e muito papo de política para atualizar os amigos.

Peguei o primeiro cartão de crédito que encontrei na frente e entreguei para a pessoa que estava do outro lado do balcão a minha frente. Pedi duas cervejas da marca mais barata e três copos. Passei um copo para Marília e outro para Juliana. Digitei minha senha na máquina de cartão enquanto o balconista já falava com outra pessoa ao meu lado. Retirei meu cartão e abracei as cervejas para sair dali.

Sentamo-nos na calçada, e servi os três copos, enquanto observava o movimento ao nosso lado. Conseguia ver algumas pessoas conhecidas, algumas mulheres que beijei em baladas a que não lembro como cheguei e outras que potencialmente beijaria qualquer dia desses.

— E aí, quais os planos de vocês para o final de semana? Muitos encontros românticos? — Marília comentou com vários tons de sátira, no mesmo momento em que levava o copo de cerveja à boca. Eu também tomei um gole e sorri.

— Eu não sei vocês, mas eu não tenho absolutamente nenhum plano para esse final de semana. Nenhuma gatinha, nem nada agendado. — Dei outro gole na cerveja e acrescentei — Bem, até agora nada, mas nunca se sabe o dia de amanhã... — Dei de ombros enquanto olhava para os lados de uma forma dissimuladamente inocente.

— A Amanda fala isso, mas amanhã vai aparecer com compromisso o dia todo, cada momento do dia com uma mina diferente, tenho certeza. — A fala de Juliana tinha um tom de repreensão misturado a um certo tom de ironia. Ri e terminei de tomar meu primeiro copo de cerveja.

Marília e Juliana começaram a comentar de uma balada qualquer próxima dali, que tocava músicas alternativas, com clássicos indie dos anos 1990 e outros estilos de música que jamais ouviríamos em uma balada. Logo começaram a falar sobre Depeche Mode, e minha atenção se dispersou para os corpos ao nosso redor, que riam, conversavam e balançavam ao som de músicas imaginárias que tocavam dentro de suas mentes. Meu olhar parou num casal que estava do outro lado da rua. Eram duas mulheres, uma possuía o cabelo na altura dos ombros, com um corte um tanto quanto desfiado e uma franja na testa, muito curta. A outra tinha o cabelo mais curto, mais claro, quase loiro e jogado para o lado. Elas riam, e a mulher de cabelo curto passou o braço direito na cintura da outra. Elas se beijaram, mas não cessaram a risada.

A movimentação de seus corpos era uma dança sincronizada. Elas sabiam o que fazer e como fazer em cada mexida de braço, perna e pescoço. Senti que os ruídos ao meu redor diminuíram, era como se todas as pessoas estivessem hipnotizadas com a mesma cena que eu estava. A cena do casal de mulheres apaixonadas, que flertavam com o ambiente à sua volta. Perdi a noção do tempo consumido encarando-as e apenas percebi que foram longos minutos após notar o vazio no meu copo de cerveja. Peguei a garrafa de cerveja mais próxima de mim e percebi que estava vazia.

— Vou pegar a próxima rodada para a gente — disse Juliana enquanto se levantava. — Vou deixar minha mochila aqui, Mand, beleza?

Pronunciei um rápido sim e a vi caminhando em direção ao balcão do bar. Nesse mesmo momento, Marília também se levantou e passou as mãos na calça, para limpá-las.

— E eu vou dar um pulo no banheiro, também vou deixar minhas coisas aí — Marília comentou e não esperou minha confirmação para sair. Caminhou em direção à fila do banheiro. Havia três pessoas na sua frente, o que era praticamente um milagre devido ao horário.

Algo surgiu dentro de mim, um instinto repentino que buscava alguma coisa. Meu olhar passeou por todos os grupos de amigos que conversavam sobre seus dias de trabalho, seus planos para o final de semana e um filme que tinham visto ontem. Não sabia o que procurava olhando para lá e pra cá, mas não conseguia evitar essa constante procura.

Alguém acenava para mim. Sorri quando percebi seu rosto familiar, era um conhecido do trabalho. Ele devolveu o sorriso e esticou seu copo de cerveja para a frente, como se brindasse comigo a distância. Havia quatro pessoas na roda em que ele estava. Depois de alguns segundos, desviei meu olhar dele, como se minha atenção fosse pescada magneticamente por alguma outra energia. Olhei para o outro lado da rua de novo.

Dessa vez, não só senti, como vi que havia dois pares de olhos me olhando também. Era o casal de mulheres que eu percebera mais cedo. Elas conversavam entre si, mas não se fitavam. Estavam com a postura voltada para a frente, para o outro lado da rua, o lado em que, no caso, eu estava. Elas não só olhavam na minha direção, como me olhavam. Senti meu rosto e cada célula do meu corpo queimar.

Senti-me invadida, sendo lida e devorada viva por aqueles pares de olhos. Elas não pararam, e eu não conseguia desviar meu olhar. Alguma coisa me forçava a olhar para elas, e não entendia o que era.

— Ah, eu falei, sabia que em algum momento você ia começar a olhar para alguém — Juliana me entregou uma garrafa de cerveja, depois apoiou uma das palmas da mão no chão, criando um apoio para se sentar ao meu lado. Ela olhou para o outro lado da rua, desviou seu olhar para o meu rosto e depois para as pessoas do outro lado novamente. — Para quem você estava olhando, hein? Me conta.

O resto da noite se resumiu a comentários sobre o cabelo do Pedro, piadas sobre uma série que Juliana viu na televisão na semana passada e em como as pessoas que frequentavam a Dona Maria eram incrivelmente bonitas. Uma discussão que apenas o álcool no sangue poderia proporcionar. Quando Marília começou a mostrar alguns exemplos que comprovavam essa teoria, meus olhos examinaram o restante das pessoas que estavam ali, rastreando quem trocou olhares comigo mais cedo. Uma missão que não foi concluída com sucesso.

Observei todas as cadeiras que estavam dentro do bar serem guardadas, enquanto terminava meu último copo de cerveja. Juliana olhava para o celular, já planejando chamar um táxi para ir para casa, enquanto Marília perguntava se poderiam dividir um carro.

— Gente, vou no banheiro, me esperem, por favor — choraminguei enquanto seguia para dentro do bar. Ambas assentiram positivamente com a cabeça quando ouviram meu pedido.

Não sei em quantos segundos eu cheguei na fila do banheiro, mas fui tão rápida que quase bati nas costas da última pessoa que estava ali, era um garoto qualquer que checava o celular enquanto esperava.

Surpreendida por algumas risadas altas, dei uma olhada no balcão do bar, procurando de onde vinham os ruídos. A mulher de cabelo curto colocava as mãos no rosto enquanto ria de algo que a namorada comentou. A namorada, por sua vez, arrumava a franja e o cabelo, fazendo a imitação de alguém. Elas riram mais ainda, e não consegui parar de encarar essa cena. Quando percebi que elas pararam de rir e começaram a olhar para os lados,voltei minha atenção para a frente, notando que já havia um banheiro vago.

Senti minhas mãos tremerem, sem saber o porquê disso. Algo borbulhava no meu estômago. Meu rosto ardia, como se estivesse com uma queimadura solar. Ao me deparar com a minha imagem refletida no espelho sujo do banheiro, percebi que realmente estava vermelha. Joguei um pouco de água nas bochechas, tentando diminuir a temperatura do local. Poderia jurar que conseguia ouvir a evaporação instantânea do líquido depois que encostava em mim.

Respirei fundo, abrindo a porta com uma calma inventada, controlando os dedos trêmulos. Saí do banheiro com os olhos grudados no azulejo bege que formava todo o chão do bar. Quando comecei a caminhar em direção a Marília e Juliana, notei que havia esbarrado no ombro de alguém. Sussurrei um pedido de desculpas e olhei para o lado.

— Opa, eu que peço desculpas, foi mal — ela passou a mão nos cabelos e sorriu. Eu pisquei algumas vezes e olhei para quem estava atrás dela, sua namorada, claro. Eu tropecei na mulher dos cabelos na altura dos ombros, que tinha uma boca extremamente convidativa quando sua língua contornava seu lábio inferior.

Dei o sorriso mais desajeitado que meu rosto já havia desenhado. Minhas pernas trabalharam em uma fuga constrangedora. Não sabia se queria me afastar dali o quanto antes ou se queria ficar mais tempo na presença das duas, aguardando algo diferente acontecer.

Juliana comentou que eu havia demorado, enquanto Marília me entregava minha mochila. Fomos embora antes que eu pudesse olhar para trás.

* * *

Acordei no sábado com uma leve ressaca e uma dor de cabeça martelando minhas têmporas. Massageei minha testa com a mão direita e procurei meu celular na cama com a mão esquerda. Eram 11 horas da manhã, e senti meu estômago grudar na parede do meu corpo, tremendo e reclamando que estava com fome. Comi o primeiro pão que encontrei na frente, com uma fatia de mussarela.

Após algumas semanas sem contato familiar, pensei em ligar para minha mãe. Conversamos brevemente sobre como ela, meu pai e meu irmão estavam, e, quando perguntou como estava tudo comigo, comentei que o trabalho estava tranquilo, ela então indagou como estava minha vida amorosa, questionando se havia conhecido algum homem interessante nos últimos meses. Falei que isso não aconteceria, mas que, quando conhecesse alguma mulher interessante, ela seria a primeira a saber, já que fazia tanta questão. Depois de longos segundos de silêncio, nos despedimos sem falar mais sobre o assunto.

Passei o resto do dia tentando ignorar a conversa falha com minha mãe. Quiçá se guardasse esse comentário no fundo de um baú trancado por um cadeado inviolável, o sentimento de desgosto que me dominava sumiria. Quiçá.

Por volta das 15 horas da tarde, recebi uma nova notificação no celular, uma mensagem de Juliana me chamando para tomar uma cerveja em um bar próximo a sua casa. Na mensagem, ela comentava que Marília já havia topado. Seria a chance de afundar aquele baú e torná-lo intocável, me distraindo com álcool e conversas banais.

Sorri e digitei que também topava, perguntei que horas elas iriam se encontrar e me levantei do sofá. O retorno foi imediato. "*Vamos agora, se arrume.*" Obedeci na hora.

Cheguei ao local combinado cerca de 50 minutos depois do primeiro contato com Juliana. Marília gesticulava enquanto contava uma longa história de uma festa que foi quando estava no Ensino Médio. Recebi dois abraços calorosos e apertados, daqueles que te envolvem até a alma, e ganhei um copo cheio de cerveja.

— Cura essa ressaca aí, mulher — Juliana comentou e brindou comigo, tomando um gole de cerveja ao final. Beberiquei e senti os efeitos da ressaca dentro do meu estômago, que tremia, sem entender por que eu fazia aquilo.

Bebi mais um pouco para sumir com a sensação de enjoo que se apossou do meu corpo.

Terminei meu, o que acho que era, sétimo copo de cerveja e comentei que iria ao banheiro. Deixei meu copo em cima da mesa e caminhei para dentro do bar. O local não estava tão cheio quanto o bar da Dona Maria ontem, e não havia fila para usar o banheiro, mas ele estava ocupado.

Ouvi alguns ruídos inusitados de dentro do banheiro e comecei a checar as notificações no celular, para desviar minha atenção disso. Quem quer que estivesse lá dentro pareceu bater as costas ou alguma parte do corpo na porta. Minha atenção flutuava entre a tela brilhante do aparelho em minhas mãos e a porta vermelha que se balançava. Quando percebi que a maçaneta se movimentava, guardei o celular no bolso da calça jeans e fitei o chão, para não parecer que estava interessada no que acontecia dentro do banheiro.

Fui pega de surpresa. Meus olhos pararam em olhos conhecidos, vistos recentemente, e depois em outros, também vistos no dia anterior.

Elas estavam no interior do banheiro, juntas. Imaginei o que elas estariam fazendo ali, por causa do barulho de alguém batendo as costas na porta e dos balanços causados por esse choque. A mulher dos cabelos na altura dos ombros sorriu para mim e não parecia envergonhada pela situação atípica. Enquanto isso, sua namorada comentou um "opa" e também sorriu, de forma maliciosa, me fazendo apagar todos os pensamentos da minha cabeça.

— Desculpa, gente — foram as únicas palavras que saíram da minha boca, e tentei desviar delas, para entrar no banheiro.

— Acho que a gente te viu ontem. Qual seu nome? — agora a mulher de cabelo curto dirigia a palavra a mim, e eu não conseguia passar para entrar no banheiro e me livrar dessa situação. Elas não se moveram. Tentei controlar o calor que subia até meu rosto, em vão.

— Amanda. Acho que eu vi vocês também, no bar da dona Maria, né? — As duas sorriram. Sorrisos que me fariam perder o chão e o rumo. Já sentia que começava a perder, e elas pareciam se divertir com isso.

— Isso! A gente tava lá tomando uma cerveja. Eu sou a Larissa, e essa é a Rebeca, prazer. — Larissa, com seus cabelos curtos bagunçados e olhos castanhos. Rebeca, com suas covinhas, sardas no rosto e uma tatuagem que começava no ombro direito e parecia percorrer a região do peito até a barriga. Perguntava-me o que o desenho significava, e meus dedos tinham a vontade de tatear o seu entorno e descobrir onde tudo terminava.

— Prazer — sorri e encostei no ombro direito de Larissa. — Posso só passar para ir ali no banheiro, por favor? — Elas estavam com os olhos cravados nos meus olhos. Sentia-me invadida. Sentia que aqueles olhos me despiam e comiam em silêncio.

Larissa proferiu um pedido de desculpas e deu um passo para o lado, levando o corpo de Rebeca junto. Desviei-me delas e entrei no banheiro.

Respirei fundo e encarei meu reflexo no espelho. Olhei para as minhas mãos, depois para minha imagem refletida novamente. Tentava entender o que estava acontecendo, quais eram essas vontades avassaladoras que me dominavam e quem eram aquelas mulheres.

Assim que encostei na cadeira, senti uma vibração estranha. Meu olhar foi atraído para a frente, para uma mesa próxima da nossa, e encontrei Larissa e Rebeca me olhando. Elas não disfarçaram e comentaram alguma coisa entre si. Senti uma tensão palpável no ar, algo meio elétrico, que meu corpo e os delas clamavam. Com o olhar, senti que elas me queriam e cheguei à conclusão de que as queria também.

Peguei meu copo de cerveja e tomei um gole. Não consegui desviar meu olhar em nenhum segundo. Observei a dança entre Larissa e Rebeca, que olhavam para mim, depois entre si, e finalizaram me fitando de novo. Senti que elas conversaram sobre algo e esse algo era eu.

Terminei meu copo e não pensei em pegar a garrafa para enchê-lo, pensei apenas em levantar e pegar uma nova garrafa, na esperança de que elas fossem atrás de mim.

— Ju, vou pegar mais uma garrafa para gente — comentei em direção a Juliana, me levantei antes de esperar um retorno e fui em direção ao balcão do bar.

Pedi uma cerveja e aguardei enquanto olhava para o meu copo. Nada aconteceu, ninguém foi atrás de mim. Agradeci, paguei e foi isso.

Dirigi-me à saída do bar, quando ouvi um breve *"Amanda"*, no canto direito, perto da entrada do banheiro. Automaticamente, meu corpo virou para essa direção, e minhas pernas se dirigiram a quem me chamou, também de forma automática, como se sentisse uma chamada divina.

— Estava conversando ali com a Larissa e a gente chegou a uma conclusão sobre algo. — Era Rebeca. Meus olhos não conseguiam desviar de seus lábios, e eu me perguntava se eles tinham gosto de cerveja.

— E qual seria essa conclusão? — sussurrei. Os olhares devoradores não saíam dos meus, e meu corpo suplicava em ser devorado por elas.

— Que você deveria ir lá para casa agora — as palavras foram lentamente desenhadas pelos lábios de Larissa. O calor do meu corpo passava para o ambiente e se juntava ao calor delas. Estávamos a alguns centímetros de distância, e eu conseguia sentir uma energia sair delas e passear pelo meu corpo.

Queria responder com várias frases de efeito. Talvez dizer não, para dizer sim dali a alguns minutos. Falar algo como "vamos ver" ou "talvez depois de mais algumas cervejas". Nada saía da minha boca, e tudo que eu queria agora é que elas estivessem nela. Respondi *"tudo bem"*. Sem mais. Sem resistir. Sem falar que queria isso demais. Meu corpo já fazia isso por si só. Ele clamava por toques. Toques específicos. Toques da Larissa. Toques da Rebeca.

Saí do bar e deixei a garrafa de cerveja em cima da mesa. Juliana e Marília logo me olharam.

— Gente, preciso ir. Mas mando mensagem para vocês mais tarde, tudo bem?

Elas se entreolharam e concordaram, sem questionamentos.

Cheguei num apartamento amplo, arejado, que tinha uma rede instalada na sala e um violão no canto. Havia inúmeros pôsteres de filmes de que eu gostava, pendurados nas paredes. Não consegui observar os outros detalhes da decoração, porque estava ocupada demais.

Sentia um calor percorrer meu corpo e passar para os corpos juntos ao meu. Sentia que o calor delas também passava para o meu e tudo se misturava, em uma junção de fogo, que fazia minha pele arder e me deixava pedindo por mais. Meu corpo implorava por mais. Meus dedos tateavam todos os centímetros dos corpos delas, e elas faziam a mesma coisa com o meu.

Enquanto beijava Rebeca, eu sentia os dedos de Larissa passando no meu cabelo e puxando os fios que conseguia segurar. Suspirei enquanto passava a mão direita pelo cabelo de Rebeca e a mão esquerda pelo corpo de Larissa, puxando-o para mais perto do meu.

Não conseguia pensar e estava agindo por instintos. Pelo instinto de querer sentir o gosto da boca de Larissa, enquanto sentia o calor das coxas de Rebeca. O instinto de morder o lábio de Rebeca, enquanto puxava o cabelo de Larissa. Não conseguia pensar em nada, e meu corpo fazia o que queria. Ele tinha uma vontade absurda delas, e eu deixei que se saciasse como quisesse.

Senti que elas faziam o mesmo.

# REVELAÇÃO

Senti o gosto amargo do café enquanto ouvia ruídos vindos da cozinha. Os sons ficaram mais altos e próximos, a ponto de preencherem a sala por completo. Depois de alguns segundos, tudo ficou silencioso. Um calor, antes inexistente, abraçou as minhas costas, como se houvesse algo atrás de mim. Senti um aperto nos ombros. Quando virei meu corpo para trás, encontrei Priscila me olhando como se pedisse algo, enquanto Pietro procurava por suas chaves no balcão.

A viagem de casa até a escola aconteceu ao som de Priscila comentando sobre suas aulas de biologia, com o professor mais lindo que ela já viu na vida. Quando não era sua voz, era a música dos fones de Pietro que entrava em meus ouvidos.

Quando me tornei mãe, comentaram sobre crianças, sobre como seria gostoso dividir a vida com quem se ama para cuidar dessas criaturas novas e como seria prazeroso ter uma família. Quando olho para esse casal de adolescentes escondendo cigarros nas gavetas do quarto enquanto escutam músicas de dubstep num volume suficiente para preencher um estádio de futebol, penso que me esconderam algumas coisas sobre a maternidade.

Sem contar a enorme dor de cabeça por um divórcio de um casamento falido. Ricardo seria o melhor homem que eu teria conhecido na minha vida, se não tivesse me abandonado na maternidade. *"Eu preciso viver minha vida, viajar, não posso ficar preso aqui, você entende, não entende?"*, dizia enquanto eu colocava Pietro para dormir e fazia a mamadeira de Priscila. Cenas que ficam rebobinando na minha cabeça, me causando arrepios e um sentimento de injustiça enorme. Cenas que sei que não aconteceram apenas comigo e que, infelizmente, acontecerão com outras mulheres. Nenhuma mãe merece passar por isso.

Em nenhum aspecto a maternidade havia sido fácil para mim, e às vezes era assombrada pelo fato de criar dois seres humanos sozinha. Se algo desse errado nessa educação, acreditaria que a culpa era apenas minha. Além de sempre me questionar qual tipo de pessoa meus filhos seriam.

— Vocês têm planos hoje? Queria fazer um jantar para gente — comentei.

Vi Priscila virar para trás e cutucar o irmão, comentando que a mãe falava algo. Ela acrescentou que não teria nada para fazer hoje e sorriu. Pietro disse que também não tinha e perguntou o que comeríamos.

— Posso fazer pizza. Pensei em chamar Mariana para jantar conosco também — finalizei.

A conversa não durou dois minutos e já tinha perdido a atenção dos dois. Priscila assentia com a cabeça enquanto ria de alguma coisa que lia no celular. Pietro estava com os fones nos ouvidos novamente, balançando a cabeça ao som de alguma melodia recheada de solos de contrabaixo.

Passei a tarde toda planejando o que faria quando chegassem em casa. Pensei em arranjos de talheres e pratos, no que beberíamos, se poderia servir vinho para meu filho de 15 anos, que já bebia escondido, mas fingia que eu não sabia, mesmo deixando taças sujas em seu quarto e largando minhas garrafas abertas e pela metade. Não sabia se poderia perguntar para minha filha sobre os meninos ou meninas por que ela se interessava. Questionei-me se ela acharia ruim a pergunta acerca de seus sentimentos sobre meninas.

Meninas. Será que ela ficaria abismada se soubesse que a mãe gosta de mulheres? Que beijou mulheres durante sua vida toda? Que namorou algumas, transou com outras, se apaixonou por várias e hoje namorava uma? O que será que eles pensariam de uma mãe que escondeu esse lado da vida durante toda a existência deles e que agora não queria mais esconder, porque estava amando uma mulher que merecia estar na vida deles também? E não só com o título de "amiga da mãe", mas como "namorada da mãe"?

*"Meu amor, são seus filhos, você acha que eles vão te deserdar por isso?"*, Mariana comentava do outro lado do telefone no mesmo momento em que eu colocava uma massa de pizza para descansar dentro do forno. Tentei argumentar que vários pais fazem isso com os filhos, que estranhos fazem isso com pessoas que nunca viram, e ela disse que sabia,

mas que tentava me acalmar. Comentei que sabia de suas intenções e que esperava que tudo desse certo ao final.

Várias dúvidas flutuavam na minha mente, em uma velocidade perigosa, me deixando um pouco tonta. Como eu contaria tudo para Priscila e Pietro? Em qual momento do jantar eu poderia falar sobre isso, depois de comermos ou antes? O que eles falariam na hora? Será que conversariam entre si e não me contariam a verdade de seus próprios sentimentos? Fiquei aproximadamente cinco horas na cozinha lutando contra as inseguranças e concentrando minhas energias em comida. Produzi duas grandes pizzas, uma vegetariana e outra com bacon, o favorito de Priscila, e uma pequena pizza apenas com chocolate ao leite.

Às 18 horas, Pietro e Priscila chegaram do colégio comentando sobre uma aula de física. Pietro estava com dificuldades, e Priscila comentava que esse assunto era muito fácil e que poderia ajudar o irmão caso ele precisasse. Pietro comentou que sim e que a pagaria caso ele passasse na prova. Ela riu e disse que ele já deveria separar o dinheiro.

Recebi dois abraços calorosos e um beijo no rosto, vindo dos lábios de Pietro. Ele olhou as pizzas e comentou que já estava morrendo de fome. Pedi que se arrumassem para jantar, que Mariana logo chegaria para nos acompanhar.

Dez minutos depois, ouvimos uma batida na porta. Pietro desceu as escadas rapidamente e torceu a maçaneta para mostrar quem estava do outro lado. Mariana sorriu, como de costume, tinha aquele sorriso fácil e simpático estampado no rosto. Pietro deu um beijo estalado em sua bochecha e depois deu espaço para que entrasse. Priscila também desceu as escadas e cumprimentou Mariana de longe.

Um jantar como outro qualquer, com uma mãe, seus dois filhos e sua amiga. Amiga. Melhor amiga. Mais que melhor amiga. Não, não, muito mais. NAMORADA.

Senti dor na barriga ao rir de uma piada que Pietro contou. Ele riu também e pareceu ainda mais feliz por ter visto que sua mãe estava se divertindo com ele.

Nesse momento de descontração, pensei em começar a falar. Apresentar o que eu escondia há anos. Quem eu realmente era e com quem eu me relacionava. Olhei para Mariana, como se pedisse aprovação para começar a falar, e ela assentiu.

— Priscila e Pietro, eu queria contar algo pra vocês. — Todos na mesa olharam para mim. Agora a voz principal, que coordenava o assunto, era minha, e eu era o centro das atenções. Enchi meu peito, para fazer a maior revelação da minha vida. Meus filhos saberiam de algo importante e novo sobre a mãe deles. Era um momento que não poderia ser apagado na vida de ninguém. — Meninos, a Mariana não é minha amiga, ela é minha namorada. Eu sou bissexual. — Um silêncio pairou na sala, ensurdecendo meus ouvidos com um zumbido invisível. Senti que havia dois pares de olhos assustados me fitando. Que na cabeça deles eu estava errada e que nunca me aceitariam dessa forma.

Pensei no discurso que faria, em como conquistar as suas amizades e confianças novamente. O que precisaria fazer para ter o amor dos meus filhos de novo? Tudo isso, tudo isso porque eu amava uma mulher.

Priscila moveu os lábios, como se fosse falar alguma coisa. Meus olhos acompanharam seus movimentos de perto, ansiosos por um retorno.

— Mãe, a gente meio que já sabia — ela disse, depois soltou uma risada baixa e continuou sem esperar. — Sempre foi muito óbvio, vocês nunca se tratavam como amigas e, assim, o Pietro e eu já vimos vocês se beijarem várias vezes. — A mão esquerda de Mariana apertava a minha mão direita, e eu sentia que ela sorria, apenas pelo toque.

— Mãe, a Mariana parece ser uma ótima pessoa, para mim ela sendo isso já basta para ficar com você — Pietro comentava enquanto colocava um pedaço de pizza dentro da boca, sem se importar com a seriedade do momento.

Senti um peso saindo dos meus ombros e que, sem ele, meu coração se enchia de uma emoção pura e genuína.

Dez minutos depois, todos nós estávamos rindo de alguma piada que Mariana fez sobre a reação de seu pai ao conhecer sua primeira namorada. Eu ri e peguei a mão esquerda de Mariana, levantando-a até minha boca, e em um beijo rápido sobre sua pele eu pude perceber o olhar de orgulho e carinho que saía dos olhos de Priscila e Pietro.

## AMIGA, SÓ VAI

Senti a empolgação dos meus amigos decidindo o que beberíamos. Tiago dizia que tinha pouca grana e só conseguiria comprar uma catuaba ou um vinho barato, daqueles que custavam R$ 9,00, eram servidos em garrafas de plástico e tinham gosto de ressaca misturado a enjoo e vômito. Rafael concordou. Para a sorte de todos, Natália apareceu. Ela falou sobre uma garrafa de vodca chique ganhada pelo pai há anos, que tava intocada, e Natália sabia que seu pai nunca a ia beber, era o alvo fácil pra um rápido e inocente furto. Todos vibraram e comemoraram como se tivessem passado na prova mais difícil de química, sem perder metade das férias com recuperação. Tava marcado, iríamos nos encontrar em uma praça no centro da cidade às 18 horas pra beber.

O mais velho de nós era Tiago, com 18 anos, e a mais nova era Natália, com 16 anos, por isso não entrávamos em qualquer bar, e todos os bares que conhecíamos abriam às 20 horas. Resolvemos fazer um esquenta, um encontro antes do horário do real encontro, em que beberíamos quantidades absurdas de álcool pra já chegarmos bêbados em qualquer lugar.

Vi Natália comentar que um crush daria uma festa, bem próxima da praça onde estaríamos. Rafael perguntou se teria minas bonitas, e Tiago assentiu, em uma forma de dizer *"legal falar sobre isso, também quero saber"*. Natália disse que não sabia, mas que chamaria outras amigas e amigos que conhecia fora do colégio. O segundo evento da noite tava, então, confirmado.

Coloquei as roupas que sempre vestia em qualquer ocasião do final de semana: uma camiseta preta, uma jaqueta jeans, uma calça jeans preta e um tênis de coloração bordô, extremamente surrado, cheio de pequenos rasgos.

Um dia saí com essa mesma galera, pra um bar que permitia a entrada de menores de idade sem carteira de identidade. Depois de algumas trocas de olhares com um menino sentado a uma mesa do outro lado do local, senti um frio na barriga repentino. Trocamos algumas palavras antes dele inclinar o corpo na minha direção e tentar me dar um beijo, que seria meu primeiro. Antes de finalizar a movimentação, ele me perguntou se eu era sapatão, quando comentei que não, ele pediu desculpas e disse que era por causa da roupa que eu usava e do meu "estilo". Um segundo depois, ele grudou seus lábios nos meus, de uma forma estranha e desengonçada. Continuei vestindo roupas desse mesmo "estilo" pra todos os rolês pra que me chamavam.

Quando lembro desse momento e dessa pergunta, me questiono por que não fiquei incomodada. Ao comentar com Natália, ela disse que se sentiria menos mulher por isso. Depois de alguns minutos em silêncio, ela pediu desculpas e disse que isso era muito preconceituoso e que não fazia sentido pensar assim. Eu não disse nada. Não falei que era. Não falei que não era. Apenas ouvi, quieta e com atenção, como quem houve um podcast sobre plantas amazônicas que já não existem mais.

Vira e mexe essa lembrança passa pela minha cabeça, como um filme. No momento em que coloco a enorme camiseta do colégio, sempre me olho no espelho, me perguntando se achariam que eu era sapatão por usar uma blusa grande demais. Quando escolho um tênis preto, sem estampas, sem salto, sem detalhes rosas, me pergunto se as pessoas se perguntariam isso. E, quando esses questionamentos surgem, eu me pergunto se o que me faria ser sapatão seriam minhas roupas, em vez de gostar de mulheres ou não.

Encontrei Natália às 18 horas e cinco minutos. Comentamos sobre a prova de biologia e como ela não gostava de botânica enquanto esperávamos por Rafael e Tiago. Nesse meio tempo, ela me perguntou se eu já queria beber, e comentei que sim. Misturamos um pouco da vodca cara de seu pai com refrigerante de limão, o preferido de Natália.

— Isa, bora virar um copo?

Era a pergunta que eu esperava e que Natália tava ansiosa pra fazer desde o planejamento desse evento. Confirmei, e viramos dois copos cheios em sequência.

Senti que alguns neurônios se desligaram e que meu equilíbrio começou a se perder, em meio ao álcool que invadia meu corpo. Natália ficou cinco minutos rindo de uma lembrança sobre a aula de física, e, quando terminamos de gargalhar e enxugar as lágrimas que caíam de nossos olhos, percebemos que nossos amigos já tavam do nosso lado. Rafael, Tiago e um garoto que eu já tinha visto na escola. Era Marcos, estudante do terceiro ano que completaria 18 anos esse ano. Ele sorriu pra mim, e todos se cumprimentaram.

Em toda a minha curta existência, eu nunca havia visto uma garrafa de vodca ser bebida tão rapidamente. Não sabia exatamente que horas eram, mas a rua já tava completamente escura e poucas pessoas passavam por ali. Os únicos ruídos do momento eram do celular de Tiago tocando uma música de rock e as risadas incessantes de Natália. Eu ri com ela, mas não me lembrava por que ela gargalhava tanto.

— Bora pra festa do amigo da Natália? A gente já tá louco demais — Tiago comentou, parando sua música e começando a colocar sua mochila nas costas, enquanto bebericava mais vodca com refrigerante. Todos assentiram. Começamos a caminhar, tropeçando em nossos próprios pés, em direção ao endereço marcado no celular de Natália.

Em algum momento do percurso, alguém encostou as mãos em meus ombros. Senti um leve aperto e depois ouvi uma risada silenciosa. Olhei para trás, e Marcos sorria pra mim. Ele chegou bem perto do meu ouvido direito e com um hálito refrescante de álcool ele sussurrou: "*desculpa, tropecei e me apoiei em você*". Ele ria enquanto sussurrava mais cinco pedidos de desculpa.

Chegamos no prédio Ilha do Mato (nome que nos rendeu cinco espasmos causados por risadas bêbadas), e Natália tocou a campainha. Coloquei meu dedo indicador na boca e sussurrei um imperceptível "*shiu*" enquanto Rafael e Tiago cochichavam alguma coisa. Senti que Marcos ainda tava ao meu lado.

Natália disse que a gente tava ali pra a festa do Anderson, e o porteiro confirmou que as pessoas já tavam no salão de festas. Percebi que a festa era maior do que eu imaginava, mas não me importei. O álcool no meu sangue cortava qualquer tipo de sensação ruim que eu poderia ter.

Entramos fingindo que estávamos em silêncio e encontramos um amplo salão de festas com mais quinze adolescentes que nunca tínhamos visto na vida. Vi Natália chegar perto de um menino e beijá-lo direto nos lábios, sem alarde ou introduções, e imaginei que aquele seria Anderson. Por dois segundos me perguntei qual seria o gosto desse beijo. Tentei entender qual gosto eu queria sentir e percebi que talvez fosse o gosto dos lábios levemente alaranjados de Natália.

Não poderia ter vontade de beijar a minha melhor amiga. Não, não poderia. Repeti essa frase mentalmente durante toda a busca por algum lugar que servisse bebidas. Vi um balcão com várias vodcas diferentes e refrigerantes coloridos demais. Não, eu não poderia ter vontade de beijar uma mulher. Meu Deus, não.

A sensação de calmaria alcoólica passou, e senti que uma paranoia louca se instalou em todos os meus pensamentos. Vi Marcos chegando perto de mim pra pegar um copo de bebida. Olhei no fundo dos olhos dele e percebi que ele retribuía o olhar.

Não sei o que deu em mim, não sei por que fiz isso, mas acho que precisava desse momento para me reafirmar e fugir das sensações que tive ao ver Natália beijando Anderson. Fugir da vontade que eu tinha de sentir o gosto da boca dela. Não poderia ter esses sentimentos. Meu Deus, não.

Me movimentei rapidamente e encostei meus lábios nos lábios de Marcos, com uma certa violência. A violência da pressa. Ouvi alguns gritinhos ao meu lado e presumi que seriam de Natália, Tiago e Rafael. Os lábios de Marcos tavam secos, ásperos, e o hálito refrescante de vodca na verdade tinha um gosto azedo de limão passado.

Não fiquei vinte segundos encostando naqueles lábios, e, quando me desvencilhei do seu abraço, Marcos sorria, feliz e realizado. Eu sorri também, o sorriso da vergonha. Peguei um copo com dois dedos de refrigerante de laranja e completei com vodca, da pior qualidade possível.

— E aí, como foi? Eu nunca te vi beijando algum boy, quero saber tudo — Natália falou, sorrindo e passando o braço direito por meus ombros, enquanto colocava sua mão esquerda na minha cintura. Naquele momento, eu quis que ela me puxasse pra mais perto de seu corpo.

— Foi estranho, acho que nosso beijo não encaixou muito, sabe? — comentei. Ela confirmou com a cabeça, como se soubesse muito bem do que falávamos. Disse que já tinha beijado alguns meninos em que nada encaixava e finalizou dizendo o quanto o beijo de Anderson era bom e que queria me apresentar a outras amigas dela.

Caminhamos por toda a festa. Olhei para o balcão de bebidas e lá encontrei Marcos conversando com uma mina. Ela tinha cabelos azuis curtos, na altura dos ombros, e uma franja acima dos olhos, vestia uma camisa preta, com alguns rasgados nos ombros, uma calça jeans também preta, com rasgos enormes nos joelhos e um par de botas, também pretas. Não consegui desviar meu olhar, e ela me olhava também. Dois segundos depois, ela beijou Marcos.

Ouvi as amigas de Natália comentando sobre os meninos de seus colégios e como achavam que meninos da nossa idade eram imaturos. Natália resmungou alguma coisa sobre Anderson, e olhei novamente pra mina dos cabelos azuis.

Marcos tava com Tiago e Rafael, rindo de alguma coisa no celular, e ela tava longe, mais próxima da caixa de som, conversando com uma garota que eu não conhecia. Natália logo chegou perto de mim.

— Amiga, pra onde você tá olhando? — ela apoiou sua cabeça no meu ombro direito, tentando enxergar o que eu enxergava. Mesmo com a aproximação, eu não tinha vontade de saber qual era o gosto dos lábios alaranjados de Natália, não nesse momento. Meu pensamento mudou de foco, e eu tentava imaginar por que aquela mina me olhava.

— Se eu te contar uma coisa, você promete que não conta pra ninguém? — Em um estado normal de consciência eu jamais falaria isso pra Natália. Ou pra qualquer outra pessoa. Mas meu estado normal de consciência já não tava mais presente. — Eu tô louca de vontade de beijar aquela mina e eu não sei por quê.

Depois que falei, percebi que não deveria ter feito isso. Um arrependimento instantâneo grudou em mim. Não imaginei qual seria a reação de Natália. Ela poderia me odiar, poderia pensar que eu já quis beijá-la e escondi isso dela a vida inteira. Poderia não me aceitar, deixar de ser minha amiga e nunca mais olhar na minha cara.

— Amiga, eu vou lá falar com ela — ela disse, me fazendo entrar em choque. Como assim falar com ela? O que ela falaria? Pra que? Como? — Você vai beijar essa mina, pera aí.

Senti cada músculo do meu corpo se travando. Vi Natália saindo de perto de mim e chegando perto da mina dos cabelos azuis. Observei que elas riam de alguma coisa que Natália havia falado e que depois olhavam pra mim, por longos segundos. Depois de algumas frases trocadas, elas se despediram, e a mina dos cabelos azuis começou a caminhar pra longe dali. Meu olhar se perdeu acompanhando seus passos, e não percebi Natália chegando ao meu lado.

Ela sorria, o sorriso dos vitoriosos. Eu não sorri, não me movi e não perguntei nada, apenas fiquei olhando pra ela.

— Vai ao banheiro — Natália disse, ainda com o sorriso colado no rosto. Aquela frase entrou nos meus ouvidos, e meu cérebro parecia não conseguir conectar as palavras. — Amiga, só vai, anda logo.

Obedeci. Entreguei meu copo vazio nas mãos de Natália e comecei a caminhar em direção ao banheiro do salão. Vi Tiago e Rafael dançando uma música de rock que tinham me mostrado na semana passada e Marcos próximo das bebidas, enchendo seu copo de refrigerante de limão.

Os azulejos do banheiro eram levemente verdes, e o teto do banheiro era pintado de um branco perolado. As torneiras eram pratas, daquelas que abriam automaticamente quando você colocava a mão próxima do objeto. De perto, os cabelos da mina eram ainda mais azuis, e eu conseguia perceber que sua franja caía em um reto perfeito.

Eu não disse nada, e ela também não. Ela colocou a mão direita na minha nuca enquanto a esquerda puxava minha cintura para próximo de seu corpo. Seus lábios eram macios, sua língua encaixava perfeitamente na minha, e o gosto de sua boca parecia morango. Talvez ela tivesse comido uma bala de morango antes, não sei.

Senti meu corpo ser empurrado para dentro de um dos banheiros individuais. Ela passava os lábios pelo meu pescoço, e sua mão direita trancava o banheiro em que estávamos.

Ela saiu do banheiro antes, e eu esperei cerca de cinco minutos pra sair também. Lavei minha mão direita com força e a cheirei, pra verificar se ainda tinha o cheiro dela ou não. O cheiro tava misturado a um perfume cítrico e lavanda.

Natália me perguntou qual era o nome dela, sobre o que conversamos e o que houve lá dentro. Eu disse que não sabia o nome dela, que não havíamos conversado sobre nada e que fizemos o que Natália tinha comentado que queria fazer com Anderson mais tarde. Ela sorriu abismada e perguntou se eu queria mais vodca. Eu disse que sim. Meu Deus, sim.

## CABEM SENTIMENTOS DEMAIS EM UM SHOW

A reação que Paula teve não estava alinhada às minhas expectativas da reação que eu acreditava que ela teria ao me ouvir proferir palavras tão pecaminosas aos seus ouvidos extremamente monogâmicos. Eu esperava choro, lágrimas de ódio escorrendo pelo rosto, que se tornaria avermelhado, como nos momentos em que ela tomava sol, nos dias de domingo.

Na verdade, Paula apenas assentiu e comentou que estava tudo bem, que poderíamos nos encontrar para tomarmos um café na segunda-feira, quando ela voltasse de viagem. Ela disse que voltaria de avião e provavelmente chegaria às 17 horas se não houvesse atrasos. Comentei que voltaria de ônibus e que chegaria antes, porque sairia muito cedo. Novamente, ela só disse que tudo bem.

Ela se levantou, selou um beijo molhado em meus lábios e disse que precisava ir, senão perderia seu voo de ida até São Paulo.

— Boa viagem, amor — falei em vão, Paula já não me ouvia, estava ocupada observando os carros passarem da direita para a esquerda e da esquerda para a direita, aguardando que o fluxo cessasse para que ela pudesse atravessar a rua.

Meu relacionamento com Paula era o que de mais calmo minha vida possuía. Os únicos momentos em que tínhamos atritos eram na escolha do filme do dia e no que iríamos jantar aos sábados. Fora isso, nossas discussões raramente existiam e, quando existiam, eram finalizadas com uma curta conversa, com vários silêncios e alguns dias de repouso cada uma em sua casa.

Peguei meu celular e enviei uma mensagem para Flávia. *"Vou para casa arrumar minhas malas e te encontro na rodoviária em trinta minutos, belê?"* Cinco minutos depois, tive um retorno positivo, Flávia enviou um *"sim, senhora"* seguido de uma pergunta, *"como a Paula tá com tudo isso?"*. Respondi no mesmo minuto, com: *"Ela tá bem, entendeu tudo, foi melhor do que eu esperava, mas te atualizo no ônibus"*.

Como sempre, eu estava atrasada. Calculei mal o tempo que demoraria para arrumar a mala e cheguei na rodoviária faltando quinze minutos para a saída do ônibus. Ao ligar para Flávia, ela disse que já estava dentro do veículo, me esperando, e que não faria nada para impedir a saída do ônibus, porque eu deveria ter me programado melhor e chegado no horário correto. Comentei que não precisava fazer nada mesmo, porque eu já estava na frente do motorista, entregando meu documento e a passagem. Quando me sentei do seu lado, me lembrei de todos os momentos em que eu me atrasava para chegar a algum lugar e do seu ódio com essa característica minha.

Às vezes eu me esquecia dos momentos ruins que tive com Flávia, mas momentos assim me lembravam por que havíamos terminado nosso namoro.

— Eu realmente achei que você ia perder esse ônibus, Rafaela — ela disse, antes mesmo de me cumprimentar.

Suspirei enquanto conectava meu fone de ouvido ao celular. Nas notificações, percebi que havia uma mensagem de Paula. Abri a conversa com ela e a deixei aberta para que a respondesse depois.

— Você tem zero fé em mim, Flávia — comentei. Ela assentiu e logo emendou com a pergunta que a estava matando de curiosidade.

— E a Paula? Me conta tudo. Como foi essa conversa?

Novamente, minhas expectativas me traíram. Imaginei que entraria no ônibus e dormiria o percurso todo, das cinco horas até São Paulo, porém Flávia não deixou. Ela e suas perguntas incansáveis que depois se transformavam em ótimas piadas e em histórias do que vivemos nos anos passados.

Atualizamo-nos sobre os últimos meses separadas. Ela me contou de algumas mulheres com quem tentou sair, sobre Miranda, sua gata cor de caramelo, sobre sua experiência como vegana no último mês, sobre sua faculdade de Direito e sobre como sua relação com seu pai estava abalada, porque ela se assumiu lésbica para ele há alguns dias. Eu falei sobre Paula, como a relação com ela era tranquila, mas como ela tinha problemas com toda essa situação de se assumir. Comentei que ninguém sabia que namorávamos, só a minha família e meus amigos. Os amigos dela achavam que éramos amigas muito próximas, e seus parentes não faziam ideia de quem era Rafaela.

Às exatas 07h16 chegamos ao hotel que havíamos reservado. Flávia fez o pagamento em dinheiro, enquanto eu transferia para ela minha parte. Ela perguntou se havia duas camas de solteiro, e a recepcionista comentou que os quartos assim já estavam todos reservados e que esse possuía uma cama de casal. Entreolhamo-nos por alguns segundos e senti minha mão suar. Abri o celular e enviei uma mensagem para Paula. *"Oi, amor, tudo bem? Você chegou bem? Cheguei agora, vou dormir um pouco e vou pro show por volta das duas horas da tarde. Te amo muito."* Flávia sussurrou que tudo bem e pegamos nossas malas.

— Eu espero que isso não seja um problema para você, Rafa, porque eu tô muito cansada e já pretendo usar essa cama. — O tom de Flávia tinha toques do humor que só ela tinha. Eu ri e comentei que não tinha problema e que eu faria o mesmo. Realmente torcia para que isso não fosse um problema.

O quarto possuía uma enorme janela, com um sol marcante em toda a extensão da cama. Não havia cortinas, então tampar esses raios seria algo impossível. Suspirei, esgotada demais para arrumar uma solução, acabei me deitando sem me importar tanto. Flávia fez o mesmo e se deitou ao meu lado. Não sabia o que era mais quente, o sol que queimava minhas costas sem dó ou o calor que o corpo dela emanava ao meu lado. Dormi com essa dúvida.

Acordei atrasada, e, quando me levantei, Flávia já estava arrumada e escovava os dentes na porta do banheiro. Ela riu ao perceber minha cara de sono e deixou pasta de dente cair no chão. Eu ri também e esfreguei os olhos com força.

Chegamos no show depois de uma hora e meia de percurso de metrô. Combinamos de chegar às 14 horas, e eram 16 horas e trinta minutos. A banda favorita de Flávia já estava começando a tocar, e corremos para conseguirmos chegar a tempo. A segunda música estava no meio, mas isso não a abalou. Ela gritava e pulava como uma adolescente animada, e eu pensava na cerveja que precisaria pegar para aguentar esse calor.

* * *

Consegui contar onze copos de cerveja bebidos por mim e nove por ela. Já havíamos visto quatro shows, e eu sentia que minhas pernas não aguentavam mais sustentar meu corpo. Perguntei se poderíamos nos sentar um pouco, e ela disse que isso era tudo que queria também.

Senti a cabeça de Flávia encostar no meu ombro esquerdo e um sussurro de desculpas logo em seguida.

— Por que você tá pedindo desculpas, Flá? — cochichei próximo ao ouvido dela.

Ela fazia um sinal negativo com a cabeça e ria baixinho. O álcool em seu sangue já dominava suas ações, e eu sentia que o álcool que estava no meu também fazia o mesmo.

A cada segundo meu pensamento transitava entre lembranças do relacionamento que tive com Flávia e de momentos com Paula. Havia dois filmes diferentes sendo transmitidos dentro da minha cabeça. Sessões, com bilhetes esgotados, para "A vida com minha ex-namorada" e "Como meu namoro atual é incrível".

Lembrava-me do sorriso de Paula no domingo quando eu comentava que queria comer ovos com bacon (seu café da manhã favorito). De como seu abraço era confortável, com seus braços encaixados nos meus. Mas também me lembrava do gosto do beijo da Flávia. Como eu gostava de quando ela puxava meu cabelo quando sussurrava no meu ouvido que me amava.

Quando pensava em Flávia dessa forma e nesses momentos em específico, lembrava que meu relacionamento atual era monogâmico e que beijar outra pessoa configura uma traição. Mas todos esses sentimentos eram tiros de canhão dentro de mim. Eles chegaram sem avisar, bombardeando e destruindo tudo à sua volta, me deixando sem reação e sem entender o que eu sentia. Ora eu me sentia culpada. Ora eu queria me lembrar dos gemidos da Flávia no meu ouvido.

— É que eu deitei no seu ombro sem falar nada, tô um pouquinho cansada, aí queria descansar — Flávia comentou, quebrando minha hipnose. Assenti com a cabeça e afaguei seus cabelos enquanto terminava minha última cerveja.

Observei as luzes dos palcos, ouvindo uma banda nacional tocar ao fundo. Flávia respirava profundamente, e eu tinha certeza de que ela dormia. Meu ombro formigava, adormecendo toda a extensão do meu braço. Peguei o celular com a mão direita e tentei verificar se Paula havia enviado alguma mensagem.

O celular indicava que não havia sinal telefônico ali, consequentemente eu estava incomunicável. Imaginei que ela também estaria nessa situação.

Flávia se mexeu abruptamente e me olhou com olhos perdidos, de quem não lembrava onde estava. Ela passou a mão no rosto e se espreguiçou enquanto perguntava que horas eram.

— São sete horas, acho que ainda dá para gente ver mais alguns shows, topa dar umas voltas, senhorita? — levantei-me e estiquei a mão em sua direção. Flávia a pegou e usou de apoio para se levantar, enquanto fazia tais movimentos, ela tropeçou e caiu em cima de mim. As gargalhadas dela pareciam entrar dentro de mim, e as minhas fluíram juntas, inundando o espaço ao nosso redor.

Começamos a caminhar em direção ao palco que ficava ao norte do autódromo. Perguntei se Flávia queria mais uma cerveja, e ela gritou um longo sim enquanto passava o braço direito ao redor do meu braço esquerdo. Soltei uma gargalhada, que logo cessou quando observei as feições do rosto dela.

Flávia vestia aquele olhar de espanto, com as sobrancelhas levantadas, a boca reduzida em um fino traço imperceptível e a mão direita, que estava em cima do meu braço esquerdo, suando. Comecei a sussurrar um "*o que houve?*" e então olhei para onde ela estava olhando.

Paula caminhou na nossa direção, ao lado de uma mulher de, aparentemente, 50 anos. A mulher sorria e conversava com ela, gesticulando com os braços. Paula não sorria e não falava nada. Quando chegaram mais perto, a mulher percebeu que Paula olhava para nós e olhou de volta.

— São suas amigas, filha? — comentou ainda com o olhar na nossa direção.

Pensei em me desvencilhar dos braços e mãos de Flávia e senti que ela pensava o mesmo, porque movimentou os dedos que tocavam minha pele. A adrenalina que passava em nossos corpos nos travou, e mover um simples braço parecia a tarefa mais impossível do mundo. Nenhuma de nós conseguiu se mexer.

Nos curtos segundos que Paula e sua mãe gastaram para se aproximar, me questionei por que tinha tanto medo dela, afinal, não estávamos fazendo nada de errado, não é?

— Sim, mãe. É a Rafaela e a Flávia. Oi, gente. — Paula sorriu, não era o meu sorriso favorito dela. Era um sorriso desconfortável, quase forçado, aquele que ela dava apenas para dizer que sorriu e que foi simpática. Eu não sorri e achava que Flávia também não.

— Olá. Eu sou a Bruna, mãe da Paula. — Bruna andou mais em nossa direção e me deu um abraço. Nesse momento, Flávia se soltou de mim, e eu respirei aliviada. Quando terminamos o abraço, eu percebi que abraçava minha sogra sem que ela soubesse quem eu era.

Bruna também abraçou Flávia, que continuava com uma cara de espanto, mas com tentativas de um sorriso caloroso para a mãe da atual da sua ex-namorada.

— Mãe, vamos, a gente precisa correr para chegar no show da banda que você comentou comigo mais cedo. Tchau, se cuidem, a gente se vê por aí — Paula comentou, puxando a mãe. Elas logo começaram a caminhar, passando por nós.

Paula esbarrou em mim, e eu a olhei por alguns segundos. Quando abri a boca para falar alguma coisa, percebi que ela já não estava mais ao meu lado.

Meus olhos se focaram na grama abaixo dos meus pés, e todo o espaço ao meu redor ficou mudo. Não me sentia mal por ter sido pega pela minha atual namorada enquanto andava quase abraçada com a minha ex-namorada, mas me sentia estranha por desejar uma mulher no mesmo momento em que namorava outra, que não tinha ideia das minhas intenções.

Saí do meu transe e abri a janela de conversa com Paula. *"Amor, não aconteceu nada, não precisa se preocupar. Mas eu queria ser sincera com você. Eu te amo, te quero e nada tá mudando isso, mas eu também senti uma vontade louca da Flávia hoje, eu só queria te dizer isso, porque queria ser sincera, queria que você soubesse. Não espero que você entenda, acho que nem eu entendo o que tá rolando, mas nosso relacionamento não é baseado em mentira, então tô te mandando a real."*

Continuei olhando para a tela do celular quando senti as mãos de Flávia em meus ombros.

— Rafa, tem cinco minutos que você tá olhando para essa tela sem fazer nada. Cê quer ligar para ela? Quer falar com ela? A gente vai lá... ou então, eu te espero aqui, não tem problema — Flávia comentou.

Olhei para a tela novamente e percebi que não havia digitado uma palavra sequer. Sussurrei um breve *"tá tudo bem"* e emendei perguntando se Flávia ainda topava tomar uma cerveja e ver o show de alguém. Ela disse que sim, e começamos a caminhar um pouco sem rumo.

O resto da noite foi confuso, e senti que meus pensamentos já não estavam mais presentes. Minha atenção se voltava para qualquer coisa, menos para o momento. Senti-me suja, pelo fato de querer outra mulher mesmo tendo um relacionamento, e pensava que minhas vontades eram erradas, que isso não poderia acontecer. NÃO PODERIA. E ponto. Era isso.

* * *

— Você vai tomar um banho? Porque eu preciso muito de um e queria ir antes — Flávia falou, enquanto olhava para mim e eu olhava para a parede à minha frente. Desviei meu olhar para seu rosto.

Movimentei a cabeça negativamente. Deitei-me na cama e abri minha caixa de mensagens com Paula. Ao fundo, ouvia o barulho do chuveiro ligado.

Imaginei cada gota d'água que caía no corpo de Flávia e me perguntei o que ela poderia estar pensando no momento. Encarando a tela do celular e vendo a foto de Paula em seu perfil, o sentimento de nojo se apossou de mim novamente. Sentia-me completamente suja por estar enviando uma mensagem para minha namorada enquanto pensava que queria dividir aquele chuveiro com Flávia.

*"Amor, como cê tá? Por aqui tá tudo bem, já tô indo dormir, nos encontramos amanhã?"* Enviei sem pensar duas vezes e, antes de bloquear a tela do celular, recebi um retorno de Paula, *"tudo sim, mor, que bom que tá tudo bem aí, depois me conta como foram os shows que vocês viram, minha mãe falou*

*que vocês são lindas demais, mal sabe que eu beijo essa boca aí hahaha, dorme bem".*

Normalmente, eu começaria a trocar mensagens obscenas depois de receber um retorno assim. No momento, minha vontade era apenas de deitar e respirar fundo, sem pensar em mais nada. Desliguei o celular e ouvi Flávia comentando que eu já poderia entrar para tomar banho.

Levantei-me e observei seu corpo parado à porta do banheiro, aguardando que eu entrasse. Ela estava com a toalha amarrada ao corpo e os cabelos molhados, extremamente bagunçados. Alguns fios deixaram gotas d'água caindo ao chão. Olhei para sua boca, depois para seus olhos e sorri. Cheguei perto dela e passei meu braço em sua cintura.

— Deixa eu passar, Flá — sussurrei. Ela sorriu também e assentiu. Caminhou para fora do banheiro e deixou a porta livre para minha entrada.

Levantamo-nos às quatro horas da manhã, e senti minha lombar arder. Troquei de roupa com os olhos fechados e me movi vagarosamente até o metrô. Chegamos na rodoviária antes da saída do ônibus. Entramos, sem que ninguém pronunciasse uma palavra.

Dessa vez não conversamos. Não ouvi nenhuma história sobre o pão que a vó da Flávia fazia tão bem, aquele com parmesão, que eu amava. Não ouvi comentários sobre sua aula de Direito Penal, nem sobre uma professora bonita que ela teve e que deu bola para ela em um bar da faculdade. Ela não ouviu comentários sobre minhas aulas de pintura com a Dona Madalena, nem sobre uma receita nova de bruschetta que aprendi com Paula.

As únicas coisas que ouvi eram a respiração pesada de Flávia, o som dos meus fones de ouvido tocando músicas instrumentais que encontrei em uma lista de música para dormir e o barulho do motor do ônibus.

Na chegada, descemos em silêncio. Peguei minhas malas, Flávia pegou as dela e caminhamos até o ponto de táxi. Eu pedi meu táxi. Ela pediu o dela.

Meu carro chegou antes. Nós ficamos de frente uma para outra, e não contive o sorriso. Flávia também sorriu e passou seus finos braços na minha cintura. Eu passei meus braços em seus ombros e senti o cheiro cítrico do seu shampoo. Um cheiro tão acolhedor, que me fez sorrir mais e transformar um curto abraço de despedida em um longo abraço de nostalgia. Soltamo-nos e nos olhamos por alguns segundos. Ela pegou minhas duas mãos e beijou minha bochecha esquerda.

Entrei no carro e abri minha conversa com Paula. *"Já cheguei, amor, vou em casa dormir um pouco e te encontro daqui a umas duas horas na cafeteria que você gosta do centro, pode ser?"* Assim que enviei a mensagem, recebi outra. Abri a conversa e percebi que era uma mensagem de Flávia.

*"Foi muito bom te ver, você é uma pessoa muito querida para mim, espero esbarrar contigo por aí, garota."* Aquele

sorriso bobo voltou para o meu rosto, e eu logo comecei a digitar um retorno para ela. *"Vamos marcar de tomar um chope esse final de semana, que que você acha?"* Encarei a tela do celular e recebi duas mensagens seguidas:

Paula digitou: *"tudo bem, amor, descansa, daqui a pouco a gente se encontra"*.

Flávia digitou *"garota, para esse convite eu digo sim mil vezes"*.

Não respondi nenhuma no momento, e o nojo de mim agora se misturava com um sentimento diferente. O sentimento de "será que eu tô errada demais por me sentir assim, querendo as duas?". Deixei o celular de lado e olhei pela janela do carro, observando todas as árvores que passavam por nós. Fechei os olhos e desliguei meus pensamentos enquanto esperava pela chegada em casa.

## CORAGEM PARA ABRIR A PORTA

O calendário indicou a alteração de mês, e a palavra "novembro" aparecia no computador, indicando que o mês mais aguardado estava começando. Há cinco anos eu passava o ano inteiro esperando pela data 1º/11. Em nenhum ano eu escapava da agonia da espera e do prazer do passar dos dias desse mês. E eu sabia muito bem o motivo disso tudo.

Não consigo descrever o que senti quando a vi pela primeira vez. Poderia falar sobre o frio na barriga, sobre os pelos do braço que ficaram eriçados, sobre o arrepio na nuca, a voz que falhou quando tentou sair e as palmas das mãos suadas. Mas isso seria apenas o superficial do que havia acontecido. Internamente, me sentia um vulcão em erupção. Um vulcão que explodiu quando nos encostamos a primeira vez e que não parou de explodir até que ela explodisse na minha boca.

Todo dia 25/10 finalizava minha inscrição no congresso nacional de psiquiatria. Todo dia 31/10 Marcelo me perguntava quando eu viajaria. Todo dia 1º/11 eu arrumava minhas malas. Todo dia 02/11 eu confirmava com ela qual era o quarto em que iríamos ficar. Todo dia 05/11 eu saía para algum lugar do Brasil para ver palestras sobre a sexualidade humana e como lidar com isso dentro da psiquiatria. Todo dia 20/11 eu voltava para casa com a ideia de que iria me divorciar.

— Você já viaja amanhã? — o tom de voz de Marcelo era ríspido, como se não quisesse me perguntar sobre minha saída. Seus olhos conversavam com sua entonação de voz, eram dois círculos enormes e perdidos no meio da confusão do nosso quarto. Ele olhava para minha mala, depois para meus gestos de reconhecer e dobrar camisas. Quando dobrei uma camisa dele e separei para levar para a viagem, ele suspirou, mas continuou em pé, imóvel, do lado da porta.

— Sim. Volto no dia 20 se der tudo certo. — Mais uma camisa dobrada, mais um suspiro. Ficamos assim por alguns minutos, e eu me perguntava o que passava na cabeça dele naquele momento.

Não levantei meu olhar, e nossos olhos não se encontraram durante essa conversa. Nosso casamento estava assim há alguns anos. Havia problemas demais para resolvermos, e a sensação de derrota que pairava indicava uma desistência coletiva.

Na cabeça de Marcelo, nossos maiores problemas seriam, nessa exata ordem: a falta de filhos, a não aceitação do meu trabalho e o fato de que nossa vida sexual já não era a mesma. Se ele conseguisse ler meus pensamentos e descobrir a minha visão de quais seriam nossos problemas, teria o maior choque que a vida poderia proporcionar-lhe.

Casei-me com um ideal construído sobre a figura de alguém. Queria alguém que me fizesse fugir dos sentimentos de querer uma mulher, e Marcelo foi perfeito nisso. Ele foi paciente, companheiro e nunca me forçou a nada. Ele queria um amor romântico de novela das nove, e entreguei isso sendo a melhor atriz que ele poderia querer no papel de sua amada.

Nenhuma outra palavra saiu da boca de Marcelo. A única coisa audível no quarto eram seus longos passos indo em direção a outro cômodo. Terminei de organizar minhas roupas e enviei uma mensagem para ela: *"já estou indo para o aeroporto, te encontro no hotel, estou muito ansiosa para te ver"*, logo enviei e chamei meu táxi.

Andreza chegou usando um vestido estampado de enormes flores, que contornava sua silhueta, causando uma junção perfeita entre pele e tecido. Tinha um sorriso de "senti sua falta" colado no rosto. O perfume, que eu havia enviado de presente no mês passado, estava espalhado em todo o seu pescoço. Ela me beijou com aquela sede de quem não bebe da outra há meses e depois cochichou em meu ouvido que estava com saudades.

Em menos de cinco minutos, senti sua mão direita no meio das minhas pernas, fazendo movimentos circulares. Não demorei muito e também comecei a fazer o mesmo no corpo dela. Nenhum ruído externo entrava nos meus ouvidos, e todo o meu corpo estava devoto àquela mulher naquele momento e às sensações elétricas que me percorriam.

— Queria que essa fosse a nossa rotina. — Apoiei minha cabeça nas coxas de Andreza enquanto ela olhava para a tela de seu celular. Ela digitou algumas coisas, e imaginei que seria para seu marido, o Dr. Douglas Barbosa, chefe de cirurgia cardíaca do maior hospital de Belo Horizonte.

— Você sabe que isso não é possível, Roberta. — Sua atenção continuou voltada para a tela do celular enquanto eu passava meu dedo indicador pelo contorno de suas costelas. — E não vamos perder nosso tempo conversando sobre isso, por favor.

Andreza não teria coragem de me assumir, ela não conseguiria falar com Douglas sobre isso, nem com seu filho Ícaro, com seus amigos do hospital, com sua mãe, dona Lurdes, com o João Paulo, o porteiro do seu prédio, nem com Ana Lúcia, a professora de natação de Ícaro e muito menos com Andreza Barbosa. Ela nunca havia admitido para si mesma que tinha uma relação extraconjugal com, pasmem, uma mulher. Uma mulher mais velha, que não tinha filhos e que também rejeitava a ideia de se assumir lésbica e que sustentava um casamento de fachada há anos.

— Seria possível, Andreza e acho que no fundo você sabe. Mas tem medo. Eu também tenho. Acho que só estou cansada de viver escondida. À meia-luz, meio que naquela penumbra que ninguém te nota, ninguém te vê e parece que você não existe, no final de tudo. Você não tá cansada de viver assim?

Andreza parou de digitar no celular, mas continuou com seu olhar na tela.

— Roberta, nós traímos nossos maridos.

— Eu sei.

— E você não acha isso errado?

Ela deixou o celular na cama e mudou seus olhos de direção, colocando-os em mim. Levantei-me e vesti a primeira camisa que encontrei pela frente. Ficar nua nessa situação me deixava constrangida. Andreza cruzou os braços na altura do peito, como se estivesse se protegendo de um ataque repentino.

— Andreza, eu gosto de você. Porra, eu te amo. Você nunca imaginou como nossa vida poderia ser se não vivêssemos assim? Se esse amor fosse escancarado para o mundo?

— Como faríamos isso, Roberta? Não é só sair daqui de mãos dadas. São dois casamentos.

Ela desbloqueou a tela do celular para checar as horas, como se quisesse fugir dali. A tela de bloqueio do aparelho mostrava a perfeita família tradicional brasileira, que era composta por uma mulher, um homem e um filho. A traição fazia parte do pacote matrimonial fornecido pelo sistema monogâmico aceito entre eles.

— Sem falar no meu filho. Você não tem filhos, para você seria fácil — ela comenta com um tom de voz ríspido.

— Nada disso seria fácil, Andreza. Mas valeria a pena.

— Não consigo fazer isso.

— Nós não precisaríamos nos ver só nos dias dos congressos. Poderíamos até ter um lugar para morarmos juntas, ou pelo menos na mesma cidade, não sei.

— Tá parecendo que você não pensou em nada e só vomitou a ideia para me irritar.

Não conversamos mais sobre o assunto. Perguntei se Andreza queria jantar fora, e ela respondeu "claro que não" com uma entonação irônica. Pedimos uma pizza, vimos um filme clássico romântico dos anos 1980 e transamos mais uma vez. Dessa vez, eu não ansiava por cada momento e me senti mecânica demais. Depois de meia hora tentando me fazer gozar, ela desistiu e dormimos.

Os dias do congresso foram se passando, e eu sentia que havia saído de um pesadelo para cair em outro. O enredo central também girava em torno de amor, e, novamente, eu me sentia presa a algo que não queria.

Recebemos a notícia de que os últimos três dias de congresso não aconteceriam, por imprevisto dos médicos que iriam palestrar.

— Topa continuar aqui no hotel comigo? Eu nunca andei por Salvador, podemos conhecer o centro e algumas praias aqui perto também, o que acha? — Andreza perguntou. Ela estava enrolada na toalha do hotel enquanto secava as pontas dos cabelos loiros com outra toalha. Seus olhos pararam nos meus, e ela esperava um retorno positivo de mim.

— Não sei, Andreza, acho que não. Acho que vou aproveitar esse tempo para voltar para casa e resolver as coisas com o Marcelo — comentei olhando em sua direção. Comecei, então, a organizar minhas camisas enquanto ela me seguia com o olhar.

— Poxa, Roberta, a gente quase não se vê. Temos a oportunidade de ficarmos mais dias juntas e você vai embora?

Eu iria deixar a mulher que amava apenas porque ela não queria me assumir para o mundo? Iria largar essa mulher que queria apenas me usar para algumas transas, enquanto eu sofria em um casamento heterossexual, sendo a enorme sapatão que era? Queria dar voz a esses pensamentos e gritar essas dúvidas em direção a Andreza, mas as discussões haviam me consumido ao longo dos anos.

Eu estava em paz com o fato de amar essa mulher, ou melhor, de amar mulheres e não amar meu marido nesse sentido. Marcelo era um ótimo homem, e eu me sentia triste por traí-lo. Sentia-me triste por não ter percebido isso antes e ter desperdiçado a vida dele, mas não havia nada que eu pudesse fazer. Voltar no tempo não era uma questão em pauta, já que as máquinas do tempo ainda não haviam sido criadas.

Saí do quarto em que Andreza e eu dormimos sem olhar para trás. No celular, via uma notificação de mensagens dela a cada quinze minutos. Contei a Marcelo que voltaria para casa mais cedo e que queria que ele pedisse um vinho e uma pasta do restaurante de que gostávamos. Adiantei meu voo e cheguei em Curitiba sem muitas demoras nos aeroportos.

Quando entrei na cozinha, Marcelo estava sentado na mesa de jantar, ouvindo uma música clássica qualquer, enquanto terminava de desembalar as pastas que havia pedido.

— Comprei um penne ao molho pesto e um talharim ao sugo mesmo, espero que seja do seu agrado. Como foi o congresso? — ele perguntou.

Eu sorri e peguei a garrafa de vinho que estava na mesa, servi a bebida nas taças que ele havia separado. Sussurrei um rápido *"está ótimo"* antes de dar um gole no vinho. O gosto amadeirado preencheu minha boca.

— Foi ótimo, terminou mais cedo, porque alguns palestrantes tiveram emergências médicas nos hospitais em que trabalham, mas fora isso foi ótimo... — finalizei a frase sem saber muito bem como terminar, e Marcelo pareceu perceber também. Estiquei a segunda taça até ele. — Marcelo, eu acho que vou ser direta ao ponto. — Ele olhou para mim com olhos de atenção, com vários traços de medo. Passei a mão na testa e tentei buscar as palavras certas para falar.

Na minha cabeça, não parecia muito fácil falar para o homem que eu conhecia desde os 18 anos, com quem me casei aos 22 e sustentava um casamento falso, que não o amava, não da forma romântica que ele esperava, e que na verdade sempre havia amado mulheres, sem me permitir viver esses amores, e que agora, no auge dos quase 50, eu queria viver isso e pronto.

— Você vai falar sobre o nosso casamento?

Meu cérebro trabalhava de uma forma desengonçada, refletindo sobre como falar o que eu queria falar e se esse era o momento certo. Tinha dúvidas de como construir um momento certo.

O silêncio aflitivo atingiu Marcelo de surpresa. Ele bebericava seu vinho de dez em dez segundos e olhava para os lados, buscando algum suporte emocional vindo das prateleiras da cozinha ou dos copos americanos no armário. Após longos minutos assim, ele optou por quebrar a tortura que sofria.

— Eu sei que o nosso casamento acabou, Rô. Eu não vivo em outro mundo. Só queria entender o que aconteceu, do seu ponto de vista — suplicou por um retorno. O aperto no meu peito aumentou, e senti que uma lágrima involuntária caiu do meu olho esquerdo, quando olhei diretamente para ele.

— Marcelo, eu te amo, mas não é um amor romântico, não tem nada sexual aqui, e acho que você já percebeu. Desculpa se te fiz desperdiçar todos esses anos, eu sinto que sempre soube disso, mas nunca tive coragem de dizer e de assumir. Há alguns anos eu assumi e não te contei por medo — vomitei as palavras antes que me arrependesse de começar esse assunto. Marcelo continuava estático, com uma calma falsamente construída. — Eu não gosto de homens, em um sentido em que... eu gosto de mulheres, é isso.

A minha verdade estava jogada ao mundo, e o primeiro a ouvi-la era Marcelo. Como meu primeiro receptor, ele não estava saindo com as reações que eu esperava. Um sorriso desajeitado abriu-se em seu rosto, e seu olhar suavizou-se.

— Você não desperdiçou nada, e tá tudo bem. Mas entendo que não poderemos ficar mais casados, certo? — ele riu, como se tentasse quebrar o clima aflito construído pela conversa. Levantou-se e me abraçou durante alguns segundos. — Vai ficar tudo bem.

Marcelo e eu nos divorciamos depois dos 45 anos. Ele continuou na casa em que morávamos, e eu me mudei para um apartamento no centro da cidade, que tinha persianas demais. Continuei recebendo mensagens de Andreza e nunca respondi nenhuma. Não fui a nenhum congresso de psiquiatria e sexualidade humana, evitando o contato com ela. Não sabia por onde começar a "ser" e "agir" sapatão, só sabia que eu era e ponto.

# ACONTECEU MUITA COISA NOS ÚLTIMOS TRÊS ANOS

## Cartas para Clarissa
## Duas semanas que nos conhecemos

Clarissa, tem duas semanas que nos conhecemos, e não consigo tirar seu rosto da minha mente. É estranho dizer isso, porque em alguns momentos sua face é só um borrão. Nos vimos três vezes, e, enquanto você falava sobre suas visões de mundo e problemas com seu pai, eu me esforçava para gravar o tom da sua voz, o cheiro do seu cabelo, se sua íris dilatava quando seu corpo se aproximava do meu, se seu cabelo era castanho-claro ou castanho-escuro, mas agora eu percebo que esse esforço só me fez presente naquela hora. Naquele exato segundo em que você me explicou um ditado popular que eu não conhecia. Agora me lembro das suas falas, porém não me lembro de detalhes seus. Isso me entristece profundamente.

O problema é, Clarissa, que não tirar alguém, de que você não se recorda totalmente, da mente é algo bizarro. Seu sorriso aparece nas minhas memórias e some no mesmo instante. Fico tentando me lembrar da cor dos seus lábios (eles são uma das minhas partes favoritas em você), do seu sorriso quando me convida para te beijar, da sua risada, mas tudo é um borrão estranho.

Acordo com vontade de dizer que tô com saudades. Digito a mensagem. Leio. Recordo que só nos conhecemos há duas semanas, nos beijamos algumas vezes, passamos um dia inteiro juntas, trocamos carícias no seu bar favorito, dividimos litrões, você confessou coisas que disse nunca ter contado para ninguém, eu falei sobre sentimentos, sobre como fiquei nervosa na primeira vez que te vi. Isso tudo é história suficiente para criar um casal que manda mensagem de saudades depois de três dias sem se ver?

Sempre achei que eu era uma pessoa sem coração. Usava a palavra "emocionada" como forma de ironizar demonstrações exacerbadas de sentimentos românticos. Hoje me sinto hipócrita. Aqui, sentada escrevendo uma carta sobre o que sinto, para uma pessoa recém-chegada na minha morada-vida-corpa, eu me sinto uma farsa. Uma farsa dos meus próprios julgamentos, das minhas próprias emoções.

A questão é, Clarissa, que em alguns dias você conseguiu me deixar sem chão, sem rumo, sem saber me comportar. Vou continuar escrevendo para te exorcizar de mim. Ou, talvez, isto é o decreto da minha devoção a você. Vou decidir isso ao longo do caminho desta narrativa.

* * *

## Dois meses que nos conhecemos

É incrível como a paixão sempre chegou rápido demais no meu peito e ia embora com a mesma velocidade e intensidade. Será que é saudável se jogar assim em uma nova relação? Viver um romance denso e depois se desapegar do outro indivíduo como se nada tivesse acontecido? A gente deveria viver nossas paixões assim?

Não tenho resposta para nenhuma dessas perguntas, mas tô me questionando muito sobre isso ultimamente. Você tem alguma dessas respostas, Clarissa? Talvez você falasse que é culpa da minha Vênus em Sagitário. Será que suas paixões funcionam como as minhas funcionavam?

Nesse momento eu tenho plena certeza de que você perguntaria: "por que funcionavam e não funcionam?". Você e seus apegos pela gramática. Aqui faria sentido você questionar os tempos verbais, admito. Funcionavam no pretérito e não funcionam no presente, porque algo dentro de mim mudou.

Em dois meses de relação, eu já teria me desapegado de você. Já não pensaria mais no seu rosto, gosto e no que você ama fazer quando acorda de manhã. Voltaria a usar aplicativos de pegação com mais frequência. Sairia em mais dates. Transaria com outras pessoas sem me importar. Agora eu raramente entro nesses aplicativos. Tive um date fora você nesses 60 dias. Transei uma vez com uma mulher que conheci no barzinho que você me apresentou e fiquei pensando se você teria gostado de participar dessa transa também. Acredito que sim, você parece gostar de mulheres dominadoras.

Em dois meses de relação com você, eu continuo me perguntando se você dormiu bem, o que comeu durante o dia, se ficou feliz quando viu seus amigos na sessão de cinema daquele filme russo que você me recomendou semana passada. Me importo com o que você pensa de mim e se você pensa em mim. Ainda gosto de passar meus finais de semana com você e às vezes queria que eles durassem mais horas.

Na quarta-feira passada você disse que tá apaixonada. Eu perguntei por quem. Você enrolou um pouco, colocou algumas mechas de cabelo pra trás da orelha, vestiu seu melhor sorriso de canto de boca, aquele que sempre começa com seu lábio inferior levemente mordiscado, e disse que era por mim. Essa memória grudou no meu cérebro igual chiclete em cabelo de criança. Vou deixar ela rodando aqui na minha cabeça por algum tempo, tá bem? Essa imagem e a sua reação depois que eu correspondi e disse que também tava apaixonada.

Será que a gente vai continuar assim por muito tempo? Tomara que sim, Clarissa, tomara que sim.

* * *

## Seis meses que nos conhecemos

Tô ouvindo *Love my way* para escrever sua carta desse recorte temporal, Clarissa. Revi *Call me by your name* lembrando de você, da nossa diferença de idade, do começo da paixão intensa, do dia em que você disse que ficaria na cidade só por mais alguns dias (acabou que você ficou, foi ficando e ainda tá aqui, pela minha sorte) e, claro, lembrando de cada detalhe da sua análise minuciosa sobre aquelas personagens, suas conexões e como gays são representados no cinema, que a partir da sua fala ficou claro que é diferente da forma que sapatões são mostradas.

Conversamos mais sobre a nossa relação nesses últimos dias, e foram conversas muito produtivas, concordo com você. Saímos de um estágio de saídas recorrentes para uma relação não nomeada que se assemelha a um namoro, mas sem esse rótulo, já que você está numa fase de não compactuar com o patriarcado e essas ideias que remetem a monogamia.

Nunca tinha pensado muito bem sobre esses tipos de relações e onde eu me encaixava nisso tudo. Quando você me perguntou coisas acerca desse assunto, a cerveja desceu quadrada, parecia que tinha um peixe vivo nadando dentro da minha garganta, preso, entalado, pedindo socorro, e eu me afogando, ficando sem ar, morrendo por dentro. Às vezes tenho reações involuntárias que me fazem ter a sensação de que sou patética, depois que entendo como reagi (mas esses assuntos vou guardar para terapia, o foco dessas cartas é você, e não eu). Será que falando de você eu falo mais sobre mim do que você própria, Clarissa?

Tudo bem, agora a gente tem uma relação de namoro que não se chama namoro.

Tudo bem, você me confirmou que é não monogâmica e que vai manter outras relações.

Tudo bem, isso não afeta o sentimento que você tem em relação a mim.

Tudo bem, você disse que me ama.

Tudo bem, percebi que você ama outra também.

Tudo bem, são relações diferentes, pessoas diferentes, níveis de conexão diferentes.

Tudo bem, eu posso fazer isso também e voltei pro Tinder, porque estou tendo dificuldades quando você diz que vai sair com outra pessoa e eu fico pirando em quais posições vocês vão transar mais tarde.

Tudo bem, eu vou sobreviver, só preciso me adaptar, ler mais sobre não monogamia, entender essa forma de relação, meus limites, minha liberdade, seus limites, sua liberdade.

Tudo bem, tudo bem.

* * *

## Dez meses que nos conhecemos

Minhas primeiras cartas para você eram mais felizes, Clarissa. Não é que não temos mais esses momentos de pura euforia e felicidade. É que eles ficaram mais raros. Você percebe isso também, não? Não precisa me responder, até porque você não anda respondendo minhas mensagens com tanta frequência. E okay, tenho consciência de que também sumi. Um pouco. Mentira. Talvez muito.

Você não faz ideia de quantos conteúdos eu ando consumindo sobre não monogamia para tentar me sentir melhor (lê-se menos pior) com suas outras relações. Livros, filmes, poemas, textos de cientistas de Instagram, palestras de psicólogos sobre sexualidade humana e mais tantas outras coisas que daria para escrever uma monografia sobre tudo.

E, mesmo depois de todo esse conhecimento, eu continuo sofrendo.

Todos esses sentimentos ruins voltam para mim como socos. Mas não são socos seus, pode ficar tranquila. Esses vêm das minhas mãos, mesmo. O que talvez seja mais difícil cessar. Será que é possível chegar a um estágio de não se autoflagelar? Seria interessante tratar essas questões-chaves na terapia, eu sei. Quiçá daqui a alguns anos eu tome coragem de falar sobre esse assunto com a minha terapeuta. Por que falar sobre relações é um tabu pra mim?

Enfim, acho que você tá bem nos últimos dias, né? Vi alguns stories, posts dos seus amigos, fotos de você na praia com a Bárbara, aquela crush que conheceu na semana passada. Não tô triste, porque você tá feliz (espero), mas tô me sentindo deixada de lado. Esse sistema capitalista, baseado em propriedades privadas, monogamia e heteronormatividade, fode a nossa cabeça. (Será que eu posso escrever "fode" nas suas cartas, Clarissa? Se não, me perdoe.)

Tento destrinchar o que eu sinto, não resumir tudo ao desconforto do ciúmes, até porque dentro dessa sensação existem outras emoções, e é péssimo reduzir uma gama de sentimentos a um único. Cê me falou sobre isso na nossa última conversa sobre sua vida amorosa, e eu juro que tô fazendo esse exercício frequentemente. Vi você com ela. Senti ciúmes. Tá, é isso mesmo ou eu tô reduzindo outras emoções a essa única? É isso que eu ando refletindo. Tomara que eu esteja no caminho certo, Clarissa. Ando percorrendo emoções demais pra me entender e sei que ainda tem coisa pra caramba pra ser descoberta. Não monogamia é sobre autoconhecimento também, né?

* * *

## Um ano que nos conhecemos

Hoje faz um ano que estamos nos relacionando, Clarissa. Cê achou que a gente chegaria até aqui? Se você levasse em conta o começo da relação, você responderia que sim. Contando só os últimos meses, acho que você falaria que não. Eu também daria essas respostas.

Tô aqui sentada num café bizarro, cheio de televisões de tubo, pedaços de corpos de manequins pintados de forma aleatória com cores vibrantes demais, porcelanatos que parecem ter vindo de Minas Gerais e decorações de quadros com temática indiana. Quem administra esse lugar colocou todas as suas coisas favoritas dentro de um liquidificador, apertou a velocidade 2 e jogou esse vômito de ideias insanas em um cômodo de 76 metros quadrados no centro de Curitiba. A comida é ótima, nunca provei uma torrada com abacates e ovos tão boa quanto essa. Cê também elogiaria o café, tenho certeza.

Enfim, não sei se a minha localização é importante para você nesse momento, acho que o que tá dentro da minha cabeça merece ser compartilhado com mais ênfase do que minha crítica gourmet desse lugar.

Te mandei uma mensagem perguntando o que você gostaria de fazer hoje, se queria comemorar, sair pra jantar, beber algum litrão num boteco qualquer ou só ficar em casa chapando e vendo um filme. Cê respondeu que ainda não sabe o que quer fazer, mas que precisa tratar de alguns assuntos importantes durante o dia, quiçá à noite tem um tempinho pra mim. Quiçá. Tempinho.

Na semana passada vi um vídeo que falava sobre o controle do corpo alheio. Resumindo, a psicóloga e pesquisadora da sexualidade humana falou sobre novas formas de amor, focando na não monogamia, comentando o fato de que nosso corpo é nosso e apenas nosso. Podemos fazer contratos com outras pessoas, que envolvam nosso corpo, mas isso não faz com que ele deixe de ser nosso. Ela também falou sobre ciúmes e soltou algumas reflexões acerca desse assunto. Posso te mandar o vídeo mais tarde, se você se interessar. O ponto é que isso me fez entender mais a nossa relação e como suas dinâmicas amorosas funcionam. Tudo faz muito sentido, Clarissa. Eu não quero te prender e não quero que você me prenda também.

Se eu pudesse ler sua mente enquanto você lê essa carta, seus pensamentos estariam gritando: "tá, mas por que essa carta é triste, então? Por que você tá triste, se tá entendendo melhor a forma com que eu me relaciono e como a nossa relação tá existindo?".

O rolê é mais o descaso mesmo, Clarissa. Eu só queria um pouco mais de atenção e carinho vindos de você. Não sei se já deixei isso claro. Talvez esse seja o momento principal pra isso, né? Tá, você tá certa. Peguei meu celular agora e vou te escrever um desabafo sobre isso. Tô querendo voltar nossa relação pro cenário dos primeiros meses, em que achávamos que nossas vidas se encaixavam bem. Tomara que você queira isso também.

* * *

## Um ano e meio que nos conhecemos

Clarissa, acho que finalmente entendi o intuito dessas cartas e dessa minha vontade absurda de arrancar meus sentimentos do peito e jogar nessa casa virtual de memórias, vulgo meu computador. Escrever é a forma que eu encontrei de fazer terapia comigo, olhando nessa tela sem vida eu consigo me enxergar e falar coisas que precisam ser ditas, por mais absurdas e doloridas que elas sejam. Colocar palavras nesse Word torna real tudo que eu tô vivendo e sentindo. Por algumas horas a minha ansiedade some, e eu consigo viver nesse plano, nesse planeta, nessa existência. Mesmo não entendendo se tudo isso é real (cê sabe o que é real e o que não é?), estar no presente me parece importante no momento. Será que isso é uma conclusão de que essas cartas realmente eram mais pra mim do que pra você?

Sempre que começo a escrever, eu leio a última carta pra entender em que contexto paramos. Analisar a evolução da nossa relação é interessantíssimo. Espero que você ache isso também.

Nosso aniversário de um ano de relação não ia muito bem até a hora em que eu te escrevia. Bem como minha versão dessa época prometeu, te enviei um desabafo, e você achou importante conversarmos presencialmente. Te contei tudo que tava entalado, talvez há tempo demais. Durante essas falas minha mente criou a ideia de que você não seria muito receptiva. Falaria que o que eu sentia era problema meu e eu precisava lidar com meus ciúmes, inseguranças, limites etc. Às vezes (quase sempre), me antecipo dolorosamente e vou pra lugares irreais (será que é por isso que tenho dificuldades em diferenciar o que é real e o que não é?). Você ouviu tudo, pegou na minha mão e disse que todos os meus sentimentos eram reais (cê consegue ler minha mente?) e que lidaríamos com eles juntas. Cê me acolheu em circunstâncias em que eu esperava ganhar distância e solidão.

No momento, falo com você por essa telinha enquanto você cochila no quarto ao lado. Estamos numa casa de praia, numa cidade minúscula de Santa Catarina, cujo nome escorrega da minha mente sempre. Acho que é algo que começa com "São" ou tem um cunho religioso. Ficamos o dia inteiro na praia, queimando a ponta dos dedos com um beck e molhando a boca com o gosto de cerveja gelada que ficou preso nos lábios da outra. Você ligou pra Bárbara assim que chegamos no apartamento alugado por um grupo de Whatsapp que seu tio te mostrou. Ela me mandou um beijo, eu mandei outro pra ela. Transamos. Você foi deitar, porque tava cansada do sol, da maconha e de gozar algumas vezes.

Isso representa a paz em um relacionamento, não é? Eu traduziria essa sensação gostosa que tô sentindo no peito de paz.

* * *

## Dois anos que nos conhecemos

Quem diria que chegaria a página em que eu escreveria que me sentei em um bar com meu vínculo e seu outro vínculo pra tomar uma cerveja e discutir sobre relacionamentos e política, hein? E que sairíamos desse encontro marcando um próximo, em que a outra pessoa com quem me relaciono estivesse junto também. Viver isso me fez perceber o quão importante foi me desprender das amarras da monogamia (é claro que o caminho não tá inteiro percorrido, talvez ele nunca seja, mas dá pra viver com momentos de felicidade e administrar com mais calma a insegurança e a ansiedade).

O seu mantra de "tudo com conversa é possível e, se não for, chegaremos em um meio-termo saudável pra todas as partes" me contaminou por completo, Clarissa. Uso com você, com a Sofia, com outras mulheres com quem tenho só um date, na minha relação com meus familiares, amigos e até no trabalho. Minha terapeuta tá bem orgulhosa. Te contei que agora consigo falar sobre nós e todas as relações amorosas que passam pela minha vida com ela? As coisas andam evoluindo muito bem.

Sempre te digo isso pessoalmente, mas vou reforçar virtualmente, a relação de parceria que você tá criando com a Bárbara é algo lindo de se ver. Te ouvir compartilhar um pouco da felicidade que vocês tão vivendo me deixa muito feliz. Até realizada, eu diria. Realizada por você estar com alguém que valoriza a ótima pessoa que você é e te incentiva a ser sua melhor versão todos os dias. É um amor que faz quem tá ao redor de vocês querer amar também, esse amor gostoso, tranquilo, que deixa o coração seguro de onde tá e pra onde vai. Um dia vou querer escrever sobre vocês. Cê acha isso ruim? Será que a Bárbara vai se incomodar? Vou mandar uma mensagem agora para vocês sobre isso.

* * *

## Três anos que nos conhecemos

Clarissa, tem três anos que te escrevo essas cartas e sempre me pergunto o que você vai fazer quando tiver acesso a essas palavras. Espero um e-mail, com cartas dez vezes maiores que essas, cheias de poesia, palavras rebuscadas que ficam lindas só na sua boca e reflexões profundas sobre a nossa existência nesse local chamado planeta Terra. Te conhecendo, você mandaria isso depois de alguns anos digerindo o que compartilhei. Daria tempo de você reescrever cada parágrafo inúmeras vezes, como você bem gosta de fazer quando vai mandar uma mensagem de feliz aniversário para alguém.

Não te escrevi durante o último ano, e você entende bem esse pulo. Nosso amor ficou intenso, viajamos demais, transamos demais, bebemos demais, fumamos demais, nos divertimos demais. Sua relação com a Bárbara ficou intensa. Vocês viajaram demais, transaram demais, beberam demais, fumaram demais e se divertiram demais. Minha relação com a Sofia ficou intensa. Nós viajamos demais, transamos demais, bebemos demais, fumamos demais e nos divertimos demais. Todas tivemos outras relações no caminho. Viajamos demais, transamos demais, bebemos demais, fumamos demais e nos divertimos demais.

Deixei a escrita um pouco de lado, consciente de tal ato. Me distanciei desse exercício pra fazer outros, e era bem o que eu precisava. Mas cê já percebeu que a escrita é quase uma maldição. Quando tem palavras querendo sair, você precisa deixar a alma vomitar tudo que quer ou vai ser atropelada por sentimentos que você nem sabia que tinha. E é por isso que eu tô aqui agora.

Vivemos três anos incríveis e agora optamos por seguir caminhos que no momento não se cruzam de forma romântica. E isso não apaga nada do que aconteceu e não exclui a possibilidade de nos relacionarmos no futuro.

Essa carta não tem a intenção de ser a última, porque não tenho vontade de parar de conviver com você, então talvez minhas palavras ainda tenham traços seus ou sejam direcionadas a você em algum momento. Se isso acontecer, prometo que te envio os desabafos. Espero que, se um dia você escrever algo para mim, que também seja enviado.

Clarissa, aconteceu muita coisa nos últimos três anos. Você foi um furacão de sensações e sentimentos diversos que passou na minha vida. Seu impacto ficará pra sempre no meu peito, corpo, mente e alma, reverberando ideias e reflexões profundas acerca de todos os assuntos possíveis e até dos impossíveis.

Obrigada.

Com amor, Letícia.

## A MAMÃE, A MÃE E A MAMIS

O sinal pro recreio tocou, e fiquei de pé na mesma hora. Olhava pro Ian, esperando que ele se levantasse também. Ele tava olhando demais um desenho, que eu achava que parecia um barco de saia. Tava morrendo de fome e disse que queria lanchar logo. Ele falou que ainda faltava pintar as janelas.

A tia Bel agachou ao lado do Ian e disse que o barco tava lindo, mas ele precisava se levantar para ir lanchar e não perder o recreio. "Comer para ficar muito forte", ela dizia enquanto apertava os bracinhos dele. Ian passou a mão na barriga e disse que realmente tava com fome.

* * *

No recreio, crianças grandes e pequenas corriam pra lá e pra cá. Ouvi alguns gritos do meu lado direito e vi uma roda de meninos brincando de bolinhas de gude. Olhei para o meu sanduíche, de abacate com tomates, e dei uma mordidona, tentando comer tudo bem rapidinho para ir brincar.

*"Não come rápido, Gabriela"*, ouvi a voz da minha mãe na minha cabeça. *"Mas, mãe, eu quero brincar"*, dizia com vários pedaços de pão na boca, as migalhas caindo no chão, e Thor, nosso cachorro, ia correndo para comer tudo antes de mamãe aspirar a sujeira. *"Então fecha a boca e come direitinho, tá caindo tudo pro Thor, e o Thor não pode comer pão, você sabe."* Eu sabia disso, mas também sabia que o Ian saía sempre para brincar às três da tarde todo domingo, e eu queria brincar com ele.

Todos os recreios eu ouvia essa conversa dentro da minha cabeça e tinha certeza de que minha mãe ficaria muito triste comigo por me ver comendo rápido assim. Mas também sabia que ela cairia na maior gargalhada do mundo quando visse meu jeito esquisito de mastigar com essa pressa toda.

Ian trouxe uma salada de frutas. Ele comia com total atenção para as maçãs, sua fruta favorita, e separava os pedaços de mamão no cantinho. No final, ele sempre me dava os pedacinhos de mamão, que era a fruta que ele mais odiava no mundo.

A gente terminou de comer e foi brincar de pique com outras crianças da nossa turma. Tinha a Marina, a Ana Paula, a Ana Clara, o Rubens e o Pedrinho. A Ana Clara corria mais rápido que todos, até que os meninos, e eu gostava muito disso nela. O Ian já não gostava muito e implicava com ela várias vezes. Em todas as vezes eu perguntava por que ele fazia isso, e ele sempre respondia que era por que queria. Mas eu achava essa resposta muito esquisita, não parecia verdade.

Mas eu não ligava, porque Ian era meu amigo. Eu sabia disso, porque ele não riu de mim quando um chiclete grudou no meu cabelo e tive que cortar tudo, deixando do tamanho do cabelo dele. Me emprestava o lápis roxo, sempre que eu perdia o meu. Me dava os pedaços de mamão que não queria e me chamava para jogar videogame com ele todo sábado e domingo. Ele tinha um irmão mais velho, de dezesseis anos, e uma vez o irmão dele fez piadinhas sobre meus dentes tortos da frente. No outro dia, o Ian apareceu na escola com um roxão no braço. Ao tentar me defender, ele tomou um soco do Felipe.

Eu corri para cima de uma árvore. As professoras nunca deixavam a gente subir nas árvores, mas eu sempre subia escondido. Subia, porque ninguém conseguia me alcançar no alto.

Vi Ana Clara correr de Rubens, enquanto ele tentava encostar em alguém. Ele encostou em Marina no mesmo momento em que o sinal do final do recreio tocou. Eu desci da árvore rápido, antes que a tia Bel me visse.

Estudamos um pouco de matemática, quer dizer, eu vi meus colegas estudarem matemática, porque era uma matéria que eu não entendia muito bem. Escrevi alguns números no caderno, mas não terminei nenhuma continha. Não terminei, porque não sabia fazer mesmo. *"Eu te ajudo depois*", Ian falou quando percebeu que eu não anotava nada.

Esse seria o dia que minha mamis viria me buscar. Eu tava animada, porque lembrei que ela comentou que seria dia de pizza e filme. Fiquei a tarde toda pensando no que queria ver. Acho que um desenho com cachorrinhos seria muito legal.

Ian me observou de longe quando entrei no carro, acenei um tchau para ele, mas ele não fez tchau de volta, o que era muito esquisito. Recebi um beijo molhado na bochecha e gritei um "*eca*", limpando a cara com a gola da camiseta. Minha mamis riu e começou a dirigir.

À noite, comemos pizza de tomate, com palmito, milho e ervilha, minha favorita. Tomamos um suco verde estranho, que ao final tinha gosto de limão, e vimos dois filmes que não lembro o nome. Um com um cachorrinho super-herói e outro com uma família que lutava contra uns celulares gigantes que tentavam dominar a cidade.

Acordei recebendo três beijos no rosto. Tomei banho, penteei meu cabelo com a ajuda da mamãe, coloquei meu uniforme, meu tênis favorito e pedi que colocassem muito queijo no meu sanduíche. Mamãe disse que eu precisava ir pro carro logo, porque a mãe já estava lá me esperando, para me deixar na escola.

Durante a aula, percebi uma coisa estranha no Ian. Ele me olhava, mas não era do jeito de sempre. Porque ele me olhava pra rir da cara confusa que eu fazia enquanto tentava entender os números que apareciam no quadro ou quando tentava recortar um quadrado, que sempre saía torto, mais parecido com um triângulo. Ele me olhava com cara de quem não tava entendendo nada, uma cara parecida com a que eu fazia quando a professora falava de multiplicação com mais de dois números.

No recreio, resolvi falar com ele logo, para saber por que ele tava com aquela cara desde ontem, o que acontecia com Ian e o que eu tinha feito para ele me olhar daquela forma.

— Que que aconteceu, hein? — falei olhando para ele.

Ele comia um pedaço de banana e levantou a cabeça para me olhar, depois de ouvir que eu falava com ele. Meu sanduíche de queijo estava dentro da lancheira, e eu sentia minha barriga tremer, com muita fome. Eu pedi que ela ficasse quietinha, porque tinha algo muito importante pra resolver no naquela hora. Mas minha barriga não era boazinha e gritava que tava com muita fome mesmo.

Ian não falou nada. Ele continuou colocando pedaços de banana na boca e mastigando rápido, pra ir brincar logo de pique. Repeti a pergunta de novo.

Ele fez um bico, daqueles que o beiço vai bem para a frente. Mas não era bico de choro, era bico de criança irritada. Ian sussurrou um curto e rápido nada. E eu, de novo, perguntei o que tinha acontecido.

— Ah, Gabi, não é nada poxa. É que... — ele falou, olhando pro chão, depois para a banana na metade, depois para mim. — Você falou que sua mãe ia te buscar, e eu comecei a lembrar que outro dia você também falou que sua mãe ia te buscar, e um outro dia também.

Senti a maior lombriga da minha vida comendo minha barriga todinha. Tentei repetir a frase do Ian na minha cabeça algumas vezes, até entender o que ele queria dizer. Não sei se eram as lombrigas, a fome ou Rubens gritando que tinha conseguido pegar Ana Clara no pique, mas nada fazia sentido. Perguntei para ele o que ele quis dizer com isso, e ele disparou a falar sem parar para respirar:

— Ontem veio uma mulher, aí no outro dia tinha outra, e no outro dia era outra. Eu conversei com papai sobre isso, e a gente acha que seu pai tá traindo sua mãe, porque você chamou todas de mãe e são todas diferentes. Eu acho que você sabe e que faz sua mãe sofrer fazendo isso.

Me arrependi de fazer minhas lombrigas esperarem pelo meu sanduíche favorito, que eu tinha dentro da lancheira, e chutei o pé direito de Ian sem pensar duas vezes. Agora, o bico dele era de chorar mesmo.

— Por que você fez isso? — ele perguntou enquanto eu me segurava para não chutar seu pé de novo. Dessa vez, quem não respirou para falar fui eu:

— IAN, se eu te falo que minha mãe que vem me buscar e chega uma moça, ela é minha mãe, se chega outra, ela também é minha mãe, e se chega outra, adivinha?

Ele sussurrou bem baixinho que também seria minha mãe. O bico sumiu, mas suas bochechas começaram a ficar muito vermelhas, igual dois tomates.

— Sim, é a minha mãe. Eu não tenho pai e não tenho problema com isso, porque tenho três mães muito legais.

Ian levantou o rosto, e a expressão de quem não tava entendendo nada voltou, sete vezes pior. Eu já tinha visto minha mãe suspirar tantas vezes quando conversava com a mamãe ou com a mamis, mas nunca imaginei que eu faria isso. Pela primeira vez, eu respirei bem fundo e fiquei com dó do Ian, porque ele parecia bobo, aí minha raiva diminuiu.

— Ian, você tem um pai e uma mãe, né? Essa é a sua família — eu disse. Ele mexeu a cabeça para baixo e para cima com velocidade, enquanto eu me sentava ao seu lado para conversarmos mais de perto. — Essa é a minha, eu tenho três mães, a mamãe Nicole, a mãe Cátia e a mamis Patrícia. E não tenho papai.

Ian ouvia cada palavra que eu falava com muita atenção, ele perguntou se meu papai tinha morrido, e eu disse que não, que devia tá vivo, eu só não conhecia ele. Ele perguntou como, eu disse que minha mamis Patrícia tinha engravidado de mim, mas que eu fui feita em uma clínica. Ele perguntou como assim, eu disse que algumas pessoas têm filhos assim, indo numa clínica fazer. Ian disse que achou tudo isso maneiro e que contaria para o pai mais tarde.

— Mas as suas três mães, elas beijam e abraçam como meu pai e minha mãe?

Eu ri e dei um tapinha no ombro dele. Ele não entendeu, mas riu também.

— Sim, seu bobo, elas são todas juntas. Tipo um casal, mas de três.

Nesse momento, eu vi Ian rir de verdade. No meio da risada, ele deixou o resto da banana cair no chão e riu mais ainda. Minha barriga doía de tanto rir, e eu me lembrei do sanduíche de queijo. Perguntei se ele queria um pedaço, e ele disse que sim, mas só se a gente comesse rápido, para ir brincar de pique com os meninos. Eu apostei com ele que conseguiria comer mais rápido que ele, e enfiamos nossos pedaços inteiros de sanduíche na boca.

## DONA MARIA, UM HOSPITAL E UNS ABACAXIS

Quinta-feira, 21 horas, e meus olhos se fechavam vagarosamente. A voz da nova âncora do jornal ecoava dentro dos meus ouvidos. Senti que o sono era uma entidade que pairava ao meu redor e me hipnotizava. Os ruídos externos não me atrapalhavam, tampouco o brilho da televisão.

O edredom que cobria meus pés formava uma perfeita cabana ao redor de tudo. Em alguns momentos meu lábio inferior se desprendia do superior, deixando minha boca entreaberta. Era o retrato do meu terceiro plantão de 24 horas em menos de uma semana.

Abri os olhos com força e identifiquei que estava sentada em uma enorme mesa de madeira. Havia oito lugares vazios e pratos por toda a superfície da mesa. Dentro dos pratos, comidas maravilhosas que pareciam ter saído de programas culinários com os melhores chefs de cozinha. As cores eram completamente variadas, passando do vermelho-sangue até um forte azul-turquesa, e havia uma única coisa em comum em todos eles: abacaxi, que era a fruta proibida do meu cardápio, por ser ácido demais.

Caminhei por toda a extensão do local e vi alguns quadros pendurados nas paredes. O papel de parede que contornava o cômodo estava gasto, muito antigo, se descolando da parede em alguns pontos. Nos quadros, observei várias mulheres juntas. Pareciam casais. Alguns casais vestiam longos vestidos brancos, daqueles da realeza. Em outras fotografias, ambas usavam ternos. Em algumas, uma vestia terno e a outra vestido.

Ao fundo, eu ouvia um ruído agudo e contínuo, como o canto de pássaros. Continuei caminhando e cheguei até o quintal dessa enorme casa. Observei os raios de sol que encostavam e contornavam meus braços. Notei que vestia um pijama cirúrgico, que não combinava com a atmosfera dos anos 1950 que essa casa possuía.

Uma árvore gigante era a morada de inúmeros ninhos e de um balanço velho, que se movia ao entrar em contato com o vento. No chão, uma cama de vegetação morta cobria meus pés, quando me movimentei, percebi que estava descalça, aproveitei para sentir toda a extensão da terra, das folhas secas e raízes. Contornei a árvore observando o quão majestosa era. Ao terminar meu percurso, caí no chão abismada com o que havia encontrado.

Caí e me movi com força para trás. Joguei todo o meu peso para minhas costas, meus braços e pernas empurravam o chão, para que eu saísse de perto do que via. Fisicamente, eu poderia estar longe, mas aquela imagem estava gravada no meu cérebro.

Minha mão direita correu para minha boca e ali ficou, para que eu não gritasse. Mesmo se esse movimento não acontecesse, eu não teria gritado. Não teria, porque não tinha forças para tal. Ao fundo, o ruído agudo de pássaros piorava. Senti que cada nota entrava no meu crânio e ali ficava, se repetindo inúmeras vezes.

— Ângela, é a Maria Antônia. Você precisa acordar — alguém me chamava.

Levantei-me tão rápido que senti um zumbido insuportável no ouvido direito.

— Tá tudo bem? Quer uma água? — Adriano perguntou, já se movendo para buscar um copo.

Levantei-me com o apoio dele e perguntei o que tinha acontecido com dona Maria Antônia. Ele comentou que ela estava em parada cardíaca e que um outro residente a estava socorrendo.

Calcei meus sapatos tão sem prestar atenção que quando comecei a andar percebi que os pés estavam trocados. Transformei a caminhada em uma corrida pelo corredor do hospital. Ouvi o mesmo zumbido do sonho e percebi que eram os alarmes dos aparelhos, indicando que algo acontecia.

Quando cheguei ao quarto de Maria Antônia, Gabriel, um jovem residente, realizava a massagem cardíaca. Perguntei há quanto tempo ela estava daquele jeito, e ele comentou que não sabia. Olhei para as mãos de Gabriel, e elas tremiam. Tremiam porque era a primeira vez que ele via alguém morrendo.

— Gabriel, tá cansado? Pode deixar que eu assumo os ciclos agora — comentei, já chegando mais perto da paciente.

Ele afastou o corpo, mas continuou com uma expressão facial travada, os músculos de seu rosto estavam rígidos e sua boca formava um "o" quase imperceptível. Adriano, o enfermeiro que me acordou, perguntou se precisava preparar alguma droga para usarmos.

— Duas ampolas de adrenalina, Adriano, por favor — falei.

Observei a aplicação da medicação e, ao encostar na pele de Maria Antônia, eu quis tremer. Quis tremer, porque ela não estava tão quente quanto deveria, indicando que a parada durava mais tempo do que eu previa. Quis tremer, porque havia me afeiçoado aos nossos diálogos sobre as plantações de seu pai. Quis tremer, porque ontem ela me disse que queria morrer e que estava pronta. *"Vira essa boca para lá, dona Maria"*, eu disse enquanto entregava um pote de gelatina de abacaxi para ela, sua favorita. Mas não tremi. Não poderia fazer isso agora e desistir tão rápido daquela senhora.

Realizei a massagem cardíaca e perdi a contagem dos ciclos. Senti uma mão no meu ombro e vi que Adriano me observava com uma expressão de pergunta, questionando se deveríamos continuar com o procedimento. Meus braços não sabiam fazer outra coisa, além de promover aqueles movimentos de compressões na área precordial da paciente. Ele colocou a mão direita sobre as minhas mãos, tentando chamar a minha atenção. Parei de movimentar meus braços.

— Hora da morte, 22 horas e 37 minutos — anunciei em voz alta.

Observei o rosto de Gabriel, de Adriano e da enfermeira que me ajudaram. Todos tinham o mesmo semblante cansado, de derrota, e minha mente não conseguia criar palavras rebuscadas para confortá-los agora. Não queria lidar com a família de Maria Antônia, não nesse momento, então optei por passar a tarefa do contato para outra pessoa.

— Gabriel, você pode entrar em contato com a família, por favor? — falei, retirando minhas luvas e fitando seus olhos amedrontados.

Ele assentiu e eu saí do recinto.

* * *

Fiquei quatro dias sem ir ao hospital. Não porque Maria Antônia morreu, apesar de gostar muito da sua companhia, mas por sentir que meu corpo não aguentaria mais um dia de trabalho.

Durante essas quatro noites, tive o mesmo pesadelo. Da primeira vez, achei que fosse uma coincidência sonhar com aquela casa, aquela árvore, aquela mesa, os abacaxis e todos aqueles quadros. Na quarta noite, acordei às três horas da manhã, suando, sem entender por que aquelas cenas se repetiam na minha mente, como uma tortura. Cedi e tomei uma droga indutora do sono.

No quinto dia, acordei com ressaca da medicação. Chequei meus recados e, no último, ouvi a voz trêmula de Gabriel. Ele dizia que uma sobrinha de Maria Antônia estava indo ao hospital buscar seus pertences e que achou melhor que eu a encontrasse, porque provavelmente ele não conseguiria conversar com ela novamente.

Cheguei ao hospital com sensação de sufocamento. Sempre que buscava puxar uma grande quantidade de ar, ela vinha carregada e inflava demais meus pulmões. Enquanto andava pelos corredores, eu via pequenos pedaços de papéis de parede antigos caindo ao chão. Quando piscava, percebia que a parede do hospital continuava pintada de branco, como realmente era.

— Doutora Ângela? — ouvi me chamarem direto do balcão da recepção. Quando cheguei mais próximo, percebi uma mulher dos seus 30 anos, com cabelos longos e loiros. Sua expressão era calma, e as sobrancelhas lembravam as de dona Maria Antônia. Comentei que sim, era eu, e ela logo acrescentou: — Eu sou a Catarina, sobrinha da Maria Antônia de Castro, sua paciente.

Estiquei a mão direita, quando percebi a mão de Catarina estendida à minha frente, e nos cumprimentamos. Ela perguntou se eu tinha alguns minutos para conversarmos, e confirmei. Caminhamos em silêncio até a lanchonete do hospital.

Sentamo-nos, e ela pediu um café duplo, junto com uma salada de frutas. Eu pedi um chá de camomila, e ficamos mais alguns minutos em silêncio. Tentei entender por que Catarina estava ali e o que ela queria me contar e, mesmo interessada nessas respostas, achei a falta de conversa e ruídos muito reconfortante.

— As coisas da sua tia estão guardadas em uma sala aqui perto, posso pegar para você quando terminarmos — falei rompendo a quietude do momento. Catarina sorriu.

— Eu queria, na verdade, perguntar como ela estava, como foram esses dias, o que ela disse e o que deixou de dizer. Eu não era muito próxima da minha tia, mas sinto que fiquei nos últimos dias.

Um jovem rapaz deixou nosso pedido na mesa, e Catarina pausou sua fala. Ela pegou alguns sachês de açúcar e jogou dentro do café preto. Na salada de frutas, ela fez o mesmo, antes de separar os pedaços de abacaxi do resto.

— Por que você fez isso? — perguntei, observando os pedaços de abacaxi no canto da vasilha.

— São a melhor parte da salada de frutas. Vão ficar para o final. — Catarina sorriu e bebericou seu café açucarado.

Ela levantou o rosto, e nossos olhares se cruzaram por alguns segundos, como se ela precisasse do contato visual para ter coragem de dizer o que queria.

— Enfim, eu fiquei mais próxima, porque meu pai, irmão da tia Maria, me deu alguns diários que ela escreveu há muitos anos. Se eu soubesse do que ela viveu antes... talvez teria tido mais contato com ela, não sei. — As últimas palavras de Catarina saíram tremidas, quase cuspidas de seus lábios. Seus olhos estavam iluminados por pequenas lágrimas. Ela levantou o rosto e olhou para as luzes do teto, tentando evitar que o choro saísse. Suspirou algumas vezes e, quando percebeu que seu rosto ainda estava seco, voltou a olhar para mim.

— Nós conversávamos muito. A sua tia tinha um humor muito peculiar. Falava de plantações com um enorme sorriso no rosto. Depois falava do pai e chorava, não sabia se era de felicidade ou tristeza, mas era um choro muito dolorido. De vez em quando falava o quanto amava o irmão, mas como ele havia sido fraco.

Dessa vez, Catarina não se segurou e chorou. Movimentei meus dedos, que estavam em cima das minhas coxas, pensando em tocar suas mãos. Parei antes de completar o ato, achando que não seria adequado acalmá-la dessa forma. Balancei a cabeça positivamente, como se entendesse o que ela estava sentindo, e a observei, em silêncio. Ela pegou um guardanapo e limpou as lágrimas.

Catarina se mexeu e voltou sua atenção para algo dentro de sua bolsa. Ela pegou algumas fotos e um papel amassado. Entregou-me a primeira foto, e senti cada batida do meu coração tocar uma sinfonia dessincronizada.

— Essa era a casa deles. Meu avô, meu pai e tia Maria moraram lá. A mãe deles morreu bem jovem, acho que faleceu quando deu à luz a tia. Meu pai não fala muito sobre.

Abri a boca, mas minha voz não saiu. Dentro da minha mente, eu buscava qualquer palavra que expressasse meu espanto. Pensei em gritar. Em chorar. Em correr. Mas meu corpo não obedecia e parado ficava.

Era a casa dos meus últimos pesadelos. Com a mesma árvore enorme, o mesmo balanço e o mesmo tipo de fotografia que eu via dentro da sala de estar, mas nela, em vez de mulheres que amavam mulheres, eu vi um pai, com um enorme chapéu, um garoto de uns doze anos e uma menina, de uns sete. Nas mãos do pai, enormes abacaxis.

— E esses abacaxis? — perguntei intrigada, sem entender o que estava acontecendo.

— José Antônio, meu avô, pai da tia Maria Antônia e do meu pai, José Antônio Júnior, era o maior cultivador de abacaxis da região.

Ela não esperou um retorno e me mostrou outra foto. Nela, pude ver duas garotas, de quiçá quinze anos.

— Essa é minha tia — disse Catarina, apontando para uma das meninas na fotografia.

O nó na minha garganta ficava cada vez pior, me sentia sufocada por prender o choro dentro de mim. Algumas lágrimas teimavam em brotar dos meus olhos.

Catarina não pensou duas vezes como eu e colocou a mão direita em cima da minha mão, que repousava, nesse momento, sobre a mesa.

Novamente, fui transportada para o meu sonho. Ao contornar a enorme árvore da casa, vi um corpo. Vi um corpo de uma mulher de, aproximadamente, vinte anos, pendurado por uma corda. A corda estava amarrada em seu pescoço, e seus pés não tocavam o chão. Ela vestia o mesmo vestido da outra menina da foto.

— A vida é um entrelaçado de fatos estranhos. Eu não entendia essas fotos, até ler essa carta. Quando meu pai me entregou isso, ele chorou. Chorou e me pediu perdão. Quando perguntei por que ele fazia isso, ele disse que pedia perdão pelo que fez no passado — Catarina disse, desdobrando um papel velho, e depois, o esticou na minha direção.

Olhamo-nos por alguns segundos. Comecei a ler a carta de Maria Antônia e me teletransportei para seu mundo.

Estávamos nos anos 1950. Ela tinha dezenove anos e escrevia com tinta fresca misturada a lágrimas. Maria Antônia descrevia que não sabia o que sentia, mas que seu sentimento por Francisca não era pouco e que não poderia ser desse mundo. Ela comentava sobre seu sorriso quando encontravam um cachorro correndo pelo pasto próximo a sua casa. Sobre como ela ficava linda com seu vestido amarelo. E como seu beijo tinha gosto de mel. Maria Antônia escreveu que nunca havia amado alguém assim.

Em sua caligrafia torta, ela falava sobre a repulsa do pai quando viu um beijo trocado por elas. Da ausência do irmão, que ela tanto amava. Em sua carta, Maria Antônia descreve que achou que ele iria ajudá-la, mas o irmão ficou em silêncio. Disse que precisava estudar na cidade e que depois voltava. Nesse meio tempo, o pai ficou mais agressivo. Um dia, ele bateu em Maria Antônia. Francisca foi visitá-la e viu os hematomas. Ela enfrentou seu José Antônio, e ele proibiu que elas se vissem.

Foi um longo ano, até que, em um dia ensolarado de domingo, Maria Antônia saiu para pegar abacaxis e se deparou com o corpo de Francisca pendurado na árvore gigante, que ficava no quintal de sua casa. Ela escrevia que não existia uma dor pior do que aquela e que nunca perdoaria o pai.

Catarina me observou enquanto eu lia tudo e depois esperou que a primeira a falar fosse eu.

Respirei fundo e dobrei a carta.

— Obrigada. Maria Antônia nunca comentou nada sobre isso e sei por quê. Sei que ela tinha medo da reação das pessoas. Não vou culpá-la por isso. Muito obrigada por me mostrar quem ela era.

Catarina não segurou as lágrimas e chorou baixinho. Dessa vez, não me contive e segurei suas mãos enquanto ela lamentava a perda da tia.

Ficamos ali por mais trinta minutos. Catarina me mostrou outras fotos e falou sobre o que o pai comentava de Maria Antônia. Eu comentei sobre nossas conversas, o que ela gostava de comer, de ver na televisão e de ler. Catarina me passou seu número de telefone e combinamos de tomar um café na próxima semana. Eu a abracei e mentalmente vi dona Maria Antônia abraçando Francisca. Pensei que talvez elas estivessem juntas agora. Torci por isso com todas as minhas forças e me despedi. Quando cheguei à sala dos médicos, Adriano me olhava espantado, disse que havia um paciente com desconforto respiratório na sala 9. Levantei-me e comecei a correr.

## COM CANELA, POR FAVOR

Aurora caminhou até o atendente da cafeteria e sorriu enquanto lia o cardápio. Ele perguntou qual seria o café escolhido do dia, e ela apontou para um café indiano com algumas especiarias, inclusive canela. Aurora odiava canela e já havia me falado várias vezes que apenas seu cheiro a deixava tonta, com um enjoo repentino. Normalmente, quem gostava de canela e consumia isso era eu. Nunca tinha visto aquela mulher colocar qualquer pitada de canela na boca.

— Desde quando você gosta de canela? — proferi em um sussurro enquanto o atendente anotava o pedido dela. Ele comentou que o preço era seis reais e cinquenta centavos, e Aurora lhe entregou seu cartão de débito. Ela digitou a senha sem me olhar, apenas fazendo aquele gesto repetitivo que eu odiava: dando de ombros como se não se importasse com o que eu havia falado.

— Ah, sei lá, Elisa, eu gosto. É um sabor que me lembra o cheiro da casa da minha avó.

Pedi meu café coado, sem leite e sem açúcar. Observei os passos de Aurora seguindo para a mesa que sempre usávamos. Ela colocou uma quantidade enorme de adoçante em seu café, sem prestar atenção no que fazia. Seus olhos estavam focados na tela do celular, lendo as notícias que passavam.

Eu estava em um relacionamento com Aurora há um ano e sentia os desgastes do tempo. Alguém poderia argumentar que 365 dias não eram muita coisa, mas para se passar ao lado de Aurora era. Pelo menos para mim.

Aurora era do tipo de mulher que envolve e cativa qualquer pessoa em um piscar de olhos. Ela sabia fazer um elogio caloroso, saía para todos os lugares possíveis, ouvia músicas que eu gostava, só por esse simples fato, topava ver filmes iranianos filmados no Egito de que ninguém nunca ouviu falar e, ao final, ainda comentava sobre a fotografia, como os enquadramentos eram bem feitos e passavam uma imagem triste e cruel da história das personagens. Ela não fez Cinema, eu fiz. Todos esses detalhes eram deliciosos. No começo. Depois de um ano eu percebi que era cansativo pra caralho.

— Quer ver um filme mais tarde? — ela perguntou, ainda com a atenção focada para a tela do celular.

Continuei tomando meu café e percebendo que estava à beira de um colapso com esse relacionamento. Não fazia mais sentido continuar com isso, precisava admitir que tudo falhou e que não dava certo.

— Tô falando contigo, Eli, vamos? Podemos ver o que você quiser, naquele cinema diferentão que abriu na esquina.

Eu bebi mais um gole de café, e Aurora levantou o rosto, finalmente me olhando.

— Não sei, Aurora. Eu tô meio cansada, na verdade.

Ela parou de tocar no celular e o deixou sobre a mesa, no canto. Preparei-me para começar o mesmo teatro de sempre e para ter a mesma conversa que estávamos ensaiando há alguns meses. O mesmo diálogo e o mesmo roteiro premeditado. Aurora era, claramente, a personagem principal, com maior cachê, e que fazia mais drama, e eu era uma figurante, que recebia pouco e trabalhava todos os domingos às cinco horas da manhã.

— Eli, o que tá acontecendo com a gente? Eu tô fazendo alguma coisa errada?

Minha vontade era de vomitar esse discurso: *"Na verdade, o problema é que eu cansei, Aurora. Cansei do seu rosto pela manhã, da sua mania de esfregar seu pé no meu quando vamos dormir, do cheiro que gruda no seu pescoço depois que você jogou uma partida de tênis, da sua mania de mastigar fazendo barulho, do jeito que você amarra seu sapato, da forma que fala 'sabe?' o tempo inteiro. Eu só cansei."*.

Aurora pegou minha mão direita e passou seu polegar na palma da minha mão, fazendo movimentos circulares perfeitos e ensaiados. Suspirei algumas vezes, olhando para ela e tentando entender como cheguei nesse momento e nessa situação.

— Eu acho que não consigo fazer isso, Aurora — vomitei essas palavras antes de pensar duas vezes.

Ela não esperou minhas próximas falas e chorou. Chorou feito uma criança que perdeu o brinquedo favorito. Chorou como se tivesse treinado no espelho por horas. Olhei para minha mão direita e observei que seu polegar ainda estava ali, repetindo os mesmos movimentos de carícia.

— Eu não consigo mais, Aurora. Eu não consigo fazer as minhas coisas, não consigo ser eu mesma, na verdade, às vezes eu sinto que nem sei quem sou. Sabe por que, Aurora? Porque eu falo "coisa" para tudo, e sabe quem começou a falar "coisa" para tudo? Você, Aurora. Minha cor favorita é vermelho, e sabe qual é a sua agora? — A chuva de palavras continuava saindo da minha boca. Ela olhava para mim, e suas lágrimas continuavam caindo. — É isso mesmo, Aurora, você. Tudo que eu faço você faz. Tudo que eu gosto você gosta. Mas não, não é essa coisa bonitinha de filme de comédia romântica que você tá pensando, não, é assustador, Aurora. Eu não posso fazer nada, que eu olho para o lado e quem tá lá fazendo IGUAL? Você, Aurora.

Aos poucos os movimentos circulares do polegar dela foram cessando. As lágrimas que escorreram em seu rosto deixavam um rastro molhado, mas novas gotas não se formavam em seus olhos. Ela respirou fundo algumas vezes e olhou para o chão.

— Eli, como assim? Eu não fazia isso, nunca percebi isso. Eu te amo, sabe?

Eu tremi. Não sabia se era de medo, raiva ou uma mistura dos dois. Dentro de mim eu tinha certeza absoluta de que esse relacionamento havia acabado, mas olhando para ela ali, falando isso, eu tremia de medo de ceder. De novo.

— Eli, por favor, fala comigo.

Respirei fundo algumas vezes, tentando encontrar forças para continuar firme na minha opinião e nas minhas vontades.

— Não dá mais, Aurora, de verdade. Eu preciso ir para casa descansar, depois a gente vê o que faz com as suas coisas que estão lá, mas agora me deixa ir. — Soltei sua mão e me levantei. Já com a mochila nas costas, caminhei em direção ao meu apartamento.

Não vi Aurora durante cinco dias. Comunicamo-nos por mensagens curtas no celular, enviei as coisas dela através de um amigo em comum, e ela combinou de me ajudar com as rações dos gatos durantes os próximos meses.

Na quinta-feira, recebi um convite de um dos meus amigos mais antigos. João Marcos se ofereceu para me fazer companhia no café que Aurora e eu frequentávamos. Encontramo-nos na esquina de baixo e fomos caminhando até o lugar, conversando sobre tudo que havia acontecido. Ele comentou sobre seu término com Daniel e como aquilo modificou sua rotina.

Observei o cardápio enquanto escolhia meu café da vez. João Marcos pediu um cappuccino cheio de espuma e um sanduíche de atum. Tive dúvidas se essa era uma combinação agradável. Olhei para o atendente e fiz meu pedido.

— Um café com canela, por favor — pedi e coloquei uma nota de vinte reais sobre o balcão.

João Marcos levantou as sobrancelhas, desconfiado do que havia escutado, e, virando seu corpo na minha direção, ele me perguntou:

— Canela? Elisa, você não gosta de canela.

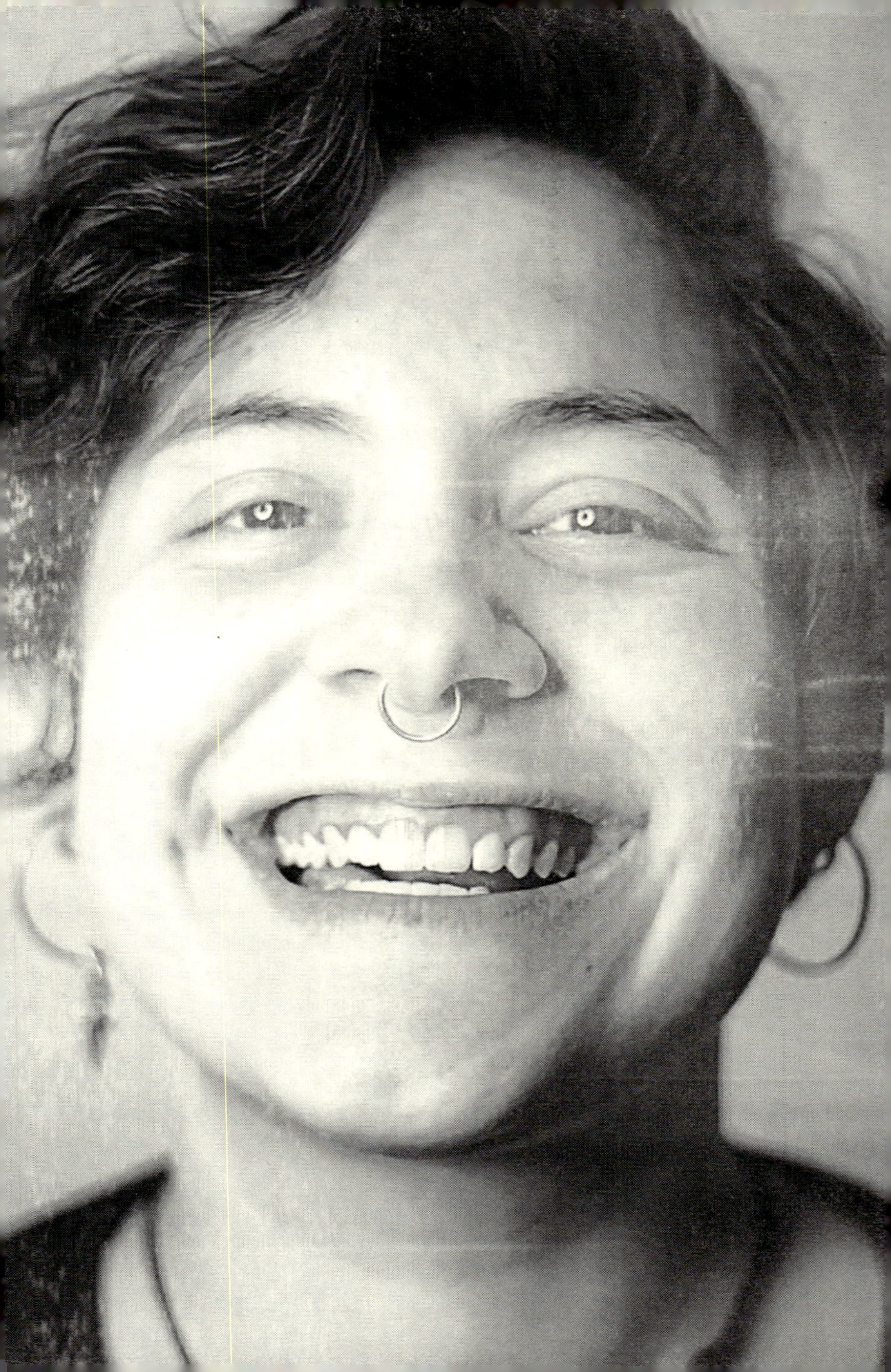

**CAROLINA JORDÃO**

nasceu em Uberlândia, MG, em novembro de 1994. Hoje mora em Curitiba, PR. É formada em Relações Internacionais pela UFU e pós-graduada em Cinema pela PUC-PR. Ganhou o Prêmio Internacional Mulheres das Letras, da editora Litere-se, em que publicou seu primeiro conto, "O Ensaio", em 2020. Tem outros contos em antologias e um livro de poesias (*sapatões ansiosas pensam demais,* editora Libertinagem) já publicado. *Aconteceu muita coisa nos últimos três anos* é seu livro de contos de estreia.

*

*  *

este livro foi editado

no outono

de 2023

# *BULLYING*
# E SUAS IMPLICAÇÕES NO AMBIENTE ESCOLAR

Coleção PEDAGOGIA E EDUCAÇÃO

- *O jornal como proposta pedagógica,* Joana Cavalcanti
- *Ação psicopedagógica na sala de aula – uma questão de inclusão,* Márcia Ferreira
- *Como fazer educação ambiental,* Vilmar Berna
- *Caminhos da literatura infantil e juvenil – dinâmicas e vivências na ação pedagógica,* Joana Cavalcanti
- *Ensino religioso: educação centrada na vida – subsídio para a formação de professores,* Valmor da Silva (org.)
- *O jogo e a matemática no contexto da sala de aula,* Regina Célia Grando
- *Festaria de brincança – a leitura literária na Educação Infantil,* Eliane Debus
- *Como fazer com que seus filhos estudem,* José Antonio Bueno Álvarez
- *Grupos e inclusão escolar: sobre laços, amarras e nós,* Solange Aparecida Emílio
- *Exercícios de pedagogia profunda – uma inclusão da alma na educação,* Marie-Céline Germaine Renée Florio Lorthiois
- *Brincando e aprendendo com oficinas ludopedagógicas,* Maximila T. de Q. Coelho, Rita de Cássia T. Coelho de Woida, Vanderlei Bruch de Fraga
- *Corpo, linguagem e educação dos sentidos no pensamento de Rubem Alves,* Antônio Vidal Nunes
- Bullying *e suas implicações no ambiente escolar,* Sônia Maria de Souza Pereira

SÔNIA MARIA DE SOUZA PEREIRA

# *BULLYING* E SUAS IMPLICAÇÕES NO AMBIENTE ESCOLAR

PAULUS

**Dados Internacionais de Catalogação na Publicação (CIP)**
**(Câmara Brasileira do Livro, SP, Brasil)**

Pereira, Sônia Maria de Souza
*Bullying* e suas implicações no ambiente escolar / Sônia Maria de Souza Pereira — São Paulo: Paulus, 2009.

Bibliografia
ISBN 978-85-349-3031-4

1. Administração de conflitos 2. Adolescentes - Educação 3. *Bullying* 4. Conflito interpessoal 5. Educadores - Formação profissional 6. Psicologia do adolescente 7. Psicologia educacional 8. Violência nas escolas I. Título.

09-01006 CDD-370.151

**Índices para catálogo sistemático:**
1. Adolescência na escola: Conflitos: Psicologia educacional 370.151
2. Adolescentes: conflitos nas escolas: Psicologia educacional 370.151

Direção editorial
*Zolferino Tonon*

Editoração
PAULUS

Impressão e acabamento
PAULUS

2ª edição, 2010


Rua Francisco Cruz, 229
04117-091 São Paulo (Brasil)
Fax (11) 5579-3627
Tel. (11) 5087-3700
www.paulus.com.br
editorial@paulus.com.br

ISBN 978-85-349-3031-4

A Deus, meu refúgio nas horas turbulentas.
Meus pais, Maria e Isaías, sem os quais
eu não chegaria até aqui.
Meu filho Rafael, minha fortaleza.
Meu marido, Renato, meu apoio.

À Celma Borges, minha mentora.

A todos que, direta ou indiretamente,
contribuíram para a concretização deste momento.

Muito obrigada a todos pelo carinho.

# APRESENTAÇÃO

Este trabalho tem por finalidade analisar a ação maléfica do *bullying* nos alunos envolvidos, partindo do conceito geral de violência até as violências mais sutis, também conhecidas como incivilidades, microviolências ou *bullying*.

Nosso objetivo foi analisar porque é tão dificil para as escolas detectarem o *bullying*, quais as consequências deste no desenvolvimento cognitivo, afetivo e psicológico dos alunos vitimados, assim como analisar o papel da escola e da família no combate e prevenção desse problema, identificando formas para minimizar a sua ocorrência nas escolas.

A intenção foi trazer um suporte teórico para contribuir no entendimento do *bullying* como um problema gravíssimo que acontece no âmbito escolar, visto que as agressões do *bullying* não devem ser confundidas com agressões corriqueiras, casuais, pois aquelas se caracterizam pela sua intenção de magoar e causar danos, e pela sua repetição contra um mesmo alvo, causando-lhe sérios transtornos físicos, cognitivos e psicológicos, sendo este último tipo o mais grave.

Entretanto, esse fenômeno, por sua característica peculiar, no Brasil, ainda carece de estudos mais aprofundados, visto que a maioria dos pesquisadores da violência escolar tem dado mais atenção à violência generalizada que acontece nas escolas.

Ainda que tratem da violência interpessoal, os pesquisadores não dão a devida atenção àquelas que são infligidas intencionalmente e repetidamente contra a mesma vítima por uma série de discriminações: por etnia, religião, comportamento, sexualidade, entre outras.

# 1 INTRODUÇÃO

A violência, nos últimos anos, tem crescido no mundo todo. Da falta de respeito a crimes hediondos, a violência tem sido alarmante. Até mesmo na escola, lugar de construção de saberes, ela está presente. São inúmeros os casos: depredações e vandalismo, assassinatos, falta de respeito, indisciplinas e incivilidades, estas também conhecidas como *bullying*.

E é ao *bullying* que daremos, neste trabalho, uma atenção especial, pois as consequências advindas dos traumas causados nos envolvidos são enormes, como veremos no decorrer da pesquisa. O *bullying*, dentre todos os tipos de violência ocorridos na escola, é o mais preocupante, por sua crescente disseminação entre os estudantes, chegando a atingir forma quase epidêmica, como explica Fante (2005).

Sua ação maléfica provoca enormes traumas aos envolvidos, causando doenças psicossomáticas, transtornos mentais e psicopatologias graves, além de estimular a delinquência e o abuso de drogas.

O *bullying* é um problema que existe em todas as escolas; ainda assim, poucas têm consciência de sua existência ou mesmo das graves consequências advindas desses atos cruéis e intimidadores. Em muitos casos, ele é confundido com indisciplina ou mesmo brincadeiras próprias da idade ou, ainda, com agressões corriqueiras, casuais. Diante desse quadro, quais as ações educacionais que podem ser adotadas para minimização do *bullying* nas escolas?

Em vista dessa questão, o objetivo de nosso trabalho é analisar por que é tão difícil para as escolas detectar o *bullying*, quais as suas consequências no desenvolvimento cognitivo e afetivo dos alunos vitimados, assim como analisar o papel da escola e da família no combate e prevenção ao *bullying*, identificando formas para minimizar o problema nas escolas.

A partir da pressuposição de que um conhecimento mais amplo sobre *bullying* poderia fornecer aos educadores subsídios para uma intervenção efetiva na redução dessa prática, foi feita uma revisão bibliográfica que utiliza as contribuições teóricas de autores que estudam a violência escolar, incluindo o *bullying*[1] e os problemas dele decorrentes.

Por isso, este trabalho foi construído com base no levantamento da literatura disponível sobre o tema, fazendo uso da revisão bibliográfica ou revisão de literatura, que segundo Macedo (1994), "consiste numa espécie de 'varredura' do que existe sobre um assunto e o conhecimento dos autores que tratam desse assunto, a fim de que o estudioso não 'reinvente a roda'" (p. 13), buscando compreender os conceitos de violência, do *bullying*, assim como de seus condicionantes e consequências.

O foco central de nossa pesquisa é de base teórica, pois esta se trata de pesquisa "dedicada a reconstruir teoria, conceitos, ideias, ideologias, polêmicas, tendo em vista, em termos imediatos, aprimorar fundamentos teóricos" (DEMO, 2000, p. 20). Esse tipo de pesquisa é orientada no sentido de oferecer quadros de referência, condições explicativas da realidade e discussões pertinentes. A pesquisa teórica não implica a ime-

[1] Existem hoje na internet mais de 9.000.000 de *sites* que falam sobre o *bullying*; para este trabalho, no entanto, utilizamos *sites* acadêmicos, cujos artigos pesquisados constam nas referências ao final do livro. Utilizamos também alguns *sites* institucionais, a exemplo da Abrapia e do Cemeobes, que também constam nas referências. Vale ressaltar que mesmo diante de tantos *sites* que tratam do mesmo tema, quase a totalidade se repete, pois são baseados em trabalhos já realizados por autores renomados, a exemplo de Cléo Fante, Aramis Lopes Neto, Dan Olweus e Beatriz Pereira, entre outros, cujas pesquisas utilizamos como parâmetro para este trabalho.

diata intervenção na realidade, mas nem por isso deixa de ser importante, pois seu papel é decisivo na criação de condições para a intervenção, pois "o conhecimento teórico adequado acarreta rigor conceitual, análise acurada, desempenho lógico, argumentação diversificada, capacidade explicativa" (DEMO, 1994, p. 36).

A justificativa deste trabalho se baseia no fato de que este é um problema de difícil detecção, dada a sua confusão com brincadeiras de mau gosto ou próprias da idade, e que traz aos envolvidos graves implicações psicológicas e cognitivas. Por isso, é imperioso que essa questão seja pesquisada e que estes estudos auxiliem os profissionais da educação a reconhecer os prováveis envolvidos, para que sejam encontradas alternativas de minimização ou mesmo solução para o problema.

O que motivou a realização desta pesquisa foi o fato de as escolas não darem a devida importância a este comportamento, ou pior: quando há um completo desconhecimento do fenômeno, que cada vez mais, atinge um número maior de estudantes, visto que a cada dia, mais alunos se envolvem com o *bullying*, sendo as vítimas os que mais sofrem transtornos em sua vida pessoal e acadêmica.

A nossa pretensão foi trazer à luz a gravidade desta questão que passa despercebida pelos professores e pedagogos, pois na maioria das vezes acontece nos espaços neutros da escola – corredores, pátios, banheiros –, portanto, lugares de difícil fiscalização; e de buscar formas de minimizar e/ou combater esse comportamento no âmbito escolar, baseados em estudos existentes.

Na segunda parte deste trabalho, tratamos do que é violência, de sua relação com a força e o poder. Analisamos a pluralidade de significações referentes ao termo violência, situando-o no tempo e espaço, mostrando os diversos enfoques dados ao termo, que segundo vários autores é complexo e polissêmico, além de tratar dos seus possíveis determinantes.

Na terceira parte, tratamos mais especificamente do *bullying*, dos primeiros estudos sobre o tema, na Noruega e no Brasil. Buscamos um entendimento do que é *bullying*, das suas formas de manifestação, dos tipos de envolvimentos, diferenciando as agressões de *bullying* das agressões casuais, sem intenção de magoar. Também analisamos o papel da família, da escola e da mídia nos comportamentos violentos e também na sua intervenção.

Na quarta parte, analisamos as consequências advindas das agressões entre alunos, mais especificamente as agressões do tipo *bullying*, tanto no físico, no psíquico, assim como no cognitivo e em sua relação com a escola.

E, por último, apresentamos alguns modelos de intervenção, já utilizados por escolas brasileiras e europeias na solução de seus problemas com a violência interpessoal, e que obtiveram um resultado positivo, com a intenção de que essas propostas possam ser aplicadas em outras escolas que se encontrem na mesma situação, desde que contextualizadas para cada escola especificamente.

Não abordaremos, contudo, soluções definitivas para o problema. Pretendemos, apenas, desenvolver uma reflexão sobre a gravidade do tema, apontando algumas medidas que já foram aplicadas e que deram certo. Portanto, essa pesquisa visa a trazer um suporte teórico para o entendimento das manifestações do *bullying*, assim como subsídios para compreendermos a necessidade de sua prevenção.

# 2
# REVISANDO OS CONCEITOS DE VIOLÊNCIA

Nunca, em todos os tempos, a violência esteve tão presente no nosso cotidiano quanto nessas últimas décadas. Estamos expostos à sua influência a todo instante; no trânsito, nos transportes públicos, nos bares, na nossa casa, enfim, em todos os ambientes.

Podemos dizer que vivemos numa "selva de pedra", em que predomina o poder do mais forte. A seguir, veremos a pluralidade de significações dada ao termo *violência*.

## 2.1 VIOLÊNCIA, ESPAÇOS E FORMAS

A violência vem ocupando um espaço privilegiado em nosso meio, através da televisão, da internet, do cinema; estes têm propiciado um maior acesso a esses eventos, o que poderia ser uma explicação para tal visibilidade.

Vemos, diariamente, nossas crianças e jovens expostos a todo tipo de violência veiculada nos desenhos, nos filmes, nos jogos eletrônicos e até mesmo no convívio social com os colegas. Mesmo na escola, espaço reservado para a educação e construção de valores, a presença de atos violentos é constante, como relata Fante (2005).

Não queremos dizer com isso que a violência teve um *boom* em seu crescimento, mas sim que, por meio da mídia, temos mais acesso às informações e, consequentemente, aos atos tidos como violentos. Também houve um maior e melhor registro das violências por parte dos órgãos nacionais e internacionais e grupos da sociedade civil organizada.

Daí as notícias nos jornais sobre brigas, massacres, vandalismos, homicídios, mortes por vinganças, assaltos e furtos, enfim, manifestações que atingem, em menor ou maior escala, toda a sociedade, que, depois da comoção pública, cai no esquecimento. Exemplos não faltam de atos violentos que comoveram o país e algum tempo depois foram esquecidos.

São exemplos: o assassinato do índio pataxó, Galdino Jesus dos Santos, de 45 anos, por cinco jovens de classe média, em Brasília em 1997; o assassinato do jovem Lucas Terra, 14 anos, que depois de violentado, foi queimado vivo pelo pastor Sílvio Roberto dos Santos Galiza, em 2001; o menino João Hélio Fernandes, de 6 anos, vítima da crueldade dos bandidos que roubaram o carro da mãe dele, e, na fuga, arrastaram-no pelo asfalto, do lado de fora do veículo, por sete quilômetros, no Rio de Janeiro, em 2007.[1]

E os casos de violências bizarras não param por aí. Ainda temos os acidentes de trânsito, invasão a domicílios, latrocínios, homicídios em escolas, onde alunos entram armados e matam professores, funcionários ou colegas, entre outros. Dos crimes hediondos à falta de cidadania, são inúmeros os atos violentos a que estamos expostos. Alguns, de tão corriqueiros, já se banalizaram.

Levisky (1998), citado por Paredes, Saul e Bianchi (2006, p. 27), nos oferece uma explicação plausível para essa situação. Segundo Levisky, "quando a violência é banalizada ou não é identificada como sintoma de patologia social, corre-se o risco de transformá-la num valor cultural que pode ser assimilado pela criança e pelo jovem como forma de ser, um modo de autoafirmação".

São, ainda, Paredes, Saul e Bianchi (2006) que afirmam que a violência, de modo geral, é um fenômeno extremamen-

[1] Todos esses crimes são de conhecimento público, pois foram veiculados em todos os jornais e várias revistas no país.

te preocupante, pois deixa marcas nos envolvidos, causando medo e apreensão. Se fora da escola a violência já causa tantos transtornos, o que se pode dizer da violência cometida dentro do ambiente escolar?

Segundo Minayo (1999); Abramovay (2004); Fante (2005) e Paredes, Saul e Bianchi (2006), entre outros, o termo violência é complexo e polissêmico. Conforme os autores, existe certa dificuldade em analisar a violência, visto que esse termo é usado para designar fenômenos os mais distintos e variados.

A explicação pode ser encontrada em Paredes, Saul e Bianchi (2006), quando essas autoras, parafraseando Camacho (2000), trazem duas justificativas para a variabilidade nos conceitos. A primeira é a de que "o entendimento da violência muda nos diferentes períodos de existência da humanidade" e a segunda justificativa se baseia no fato de que "as pessoas compreendem esse tema de acordo com seus valores e sua ética".

Pelo fato de o termo violência incorporar uma grande variabilidade de sentidos e estar situado em termos culturais e históricos, ele também abrange uma definição mais generalista que inclui desde pequenas infrações e incivilidades até atos que atentam contra a vida. Conforme Michaud (2001), devemos ter em mente que nem todos os atos agressivos são, necessariamente, demonstrações de violência e que nem todos esses atos têm como objetivo o desejo de destruir alguém ou alguma coisa. Para entendermos toda essa variação, vejamos uma das definições, encontrada em Michaud, para o termo violência:

> Violência vem do latim *violentia,* que significa violência, caráter violento ou bravio, força. O verbo *violare* significa tratar com violência, profanar, transgredir. Tais termos devem ser referidos a *vis*, que quer dizer força, vigor, potência, violência, emprego da força física, mas também quantidade, abundância, essência ou caráter essencial de uma coisa (MICHAUD, 2001, p. 8).

Na definição acima, Michaud nos apresenta a definição de violência a partir de sua etimologia, em que o autor traz várias significações para o termo a depender do contexto em que este será utilizado. Existem várias outras definições, a depender do contexto social, econômico ou cultural daquela sociedade, naquele momento específico, assim como da direção que os autores dão ao seu trabalho.

Bobbio, Matteucci e Pasquino (1991), por exemplo, trazem uma definição ampla do termo violência e imputam a esta um caráter de intencionalidade. Para os autores, entende-se por violência:

> A intervenção física de um indivíduo ou grupo contra outro indivíduo ou grupo (ou também contra si mesmo). Para que haja violência é preciso que a intervenção física seja voluntária: o motorista implicado num acidente de trânsito não exerce a violência contra as pessoas que ficaram feridas, enquanto exerce violência quem atropela intencionalmente uma pessoa odiada, além disso, a intervenção física, na qual a violência consiste, tem por finalidade destruir, ofender e coagir. Exerce violência quem tortura, fere ou mata; quem, não obstante a resistência, imobiliza ou manipula o corpo do outro; quem impede materialmente outro de cumprir determinada ação. Geralmente a violência é exercida contra a vontade da vítima (v. 2, p. 1298).

Abramovay (2003b), em sua linha de pesquisa sobre *Juventude, Violência e Cidadania*, desenvolvida pela Organização das Nações Unidas para a Educação, Ciência e Cultura (Unesco), inclui, também, em sua definição, o caráter acidental ou não intencional para a violência, além de outras formas de manifestação desta, diferentemente de Bobbio, Matteucci e Pasquino (1991), que concebem para a violência o caráter intencional e voluntário do agressor. Abramovay entende por violência:

> (...) a intervenção física de um indivíduo ou grupo contra a integridade de outro(s) e também contra si mesmo – abrangendo desde suicídios, espancamentos de vários tipos, roubos, assaltos e homicídios até a violência no trân-

> sito, disfarçada sob a denominação de "acidentes", além das diversas formas de agressão sexual. Compreende-se, igualmente, todas as formas de violência verbal, simbólica e institucional (ABRAMOVAY & RUA, 2002 apud ABRAMOVAY, 2003b, p. 97).

Sposito (1998), estudando *as múltiplas formas de interação entre a violência e a escola*, traz a seguinte definição para o termo violência: "Violência é todo ato que implica ruptura de um nexo social pelo uso da força". Para a autora, essa noção encerra níveis diversos de significação, pois "o limite entre o reconhecimento ou não do ato como violento são definidos pelos atores em condições históricas e culturais diversas"; assim, "atos anteriormente classificados como produtos usuais de transgressão de alunos às regras disciplinares, até então toleradas por educadores como inerentes ao seu desenvolvimento, podem hoje ser sumariamente identificados como violentos".

Segundo Sposito (2001), o tema violência "é parceiro do processo de [re]democratização, à medida que, a partir do início dos anos 80, essa questão eclode com força no debate público" (p. 90).

Outra definição para o termo violência vem de Jurandir Freire Costa (1986), médico psicanalista: "(...) violência é o emprego desejado da agressividade, com fins destrutivos" (p. 30), e deve ser percebido como tal tanto pela vítima quanto pelas testemunhas da agressão.

Fante (2005), que pesquisa a *questão da violência nas escolas*, define violência como "todo ato, praticado de forma consciente ou inconsciente, que fere, magoa, constrange ou causa dano a qualquer membro da espécie humana" (p. 157).

Nas duas últimas definições também pudemos constatar o caráter de intencionalidade, sendo que Fante também inclui, além dos atos voluntários, os involuntários, concordando com Abramovay (2003b) quanto à violência não intencional. Portanto, o que podemos aferir, analisando todas as definições, é que, independentemente da intenção do agressor, é o ato em si que implica violência, desde que a vítima o perceba como tal.

As manifestações de violência pressupõem o uso da agressão (verbal, física ou ao patrimônio) e da agressividade. Este último conceito, conforme Fante (2005), também é polissêmico, sendo empregado em diferentes contextos, já que é utilizado tanto para expressar violência como para expressar coragem. Por isso, a autora acha necessário distinguir o sentido das palavras *agressivo* e *agressão*, pois geralmente esses termos são utilizados erroneamente como sinônimos. *Agressivo* é definido como "ofensivo, que agride" e *agressão* como "ferimento, pancada, acometimento, provocação, insulto, ofensa" (FANTE, 2005, p. 156). Assim, designam ações diferentes: enquanto *agressividade* é a ação, o ato em si, a *agressão* é resultado da agressividade.

Paredes, Saul e Bianchi (2006) também trazem a distinção entre *violência* e *agressão* encontradas em Batista e El-Moor, quando estas citam Baró, psicólogo latino-americano. Segundo Baró, *violência* é "a aplicação de uma força excessiva a algo ou a alguém", enquanto *agressão* "seria a violência dirigida contra alguém com o propósito de causar-lhe dano" (p. 14).

Morais (1995), também citado por Paredes, Saul e Bianchi (2006), igualmente concebe a violência de forma ampla, diversificada e de complexa variabilidade, pois esta varia da *violência brutal* às *violências sutis*. Por *violência brutal*, podemos caracterizar as agressões físicas (matar, roubar, bater, chutar, dar pontapés etc.) ou ao patrimônio das pessoas (depredar, pichar, roubar objetos etc.). São as chamadas violências explícitas ou diretas. Por *violência sutil*, podemos entender as manifestações de agressões indiretas (xingar, insultar, desrespeitar, falar mal de outro etc.), incluindo, neste último caso, as formas de violência simbólicas e institucionais.

Corroborando as concepções de Morais, Charlot (1997), citado por Abramovay e Rua (2003a, p. 21-22) e por Abramovay (2003b, p. 95-96), tratando especificamente da violência escolar, classificou-a em três níveis, sendo o primeiro a *violência* – golpes, ferimentos, violência sexual, roubos, crimes e vandalismos; o segundo são as *incivilidades* – humilhações, palavras grosseiras, falta de respeito (constrangimentos); e por último, a *violência simbólica* ou *institucional* – compreendida como a falta de sentido em permanecer na escola por tantos anos; o ensino como um desprazer, que obriga o jovem a aprender matérias e conteúdos alheios aos seus interesses; as imposições de uma sociedade que não sabe acolher os seus jovens no mercado de trabalho; a violência das relações de poder entre professores e alunos.

Abramovay e Rua (2003a), Abramovay (2003b), assim como Bourdieu e Passeron (1975) distinguem a forma de *violência simbólica* como o abuso do poder, baseado no consentimento que se estabelece e se impõe mediante o uso de símbolos de autoridade. A violência, nesse caso, seria exercida pelo uso de símbolos de poder que não necessitam do recurso da força física, nem de armas, nem do grito, mas que silenciam protestos. Podemos dizer que nesse ponto existe um acordo tácito entre as partes. É a imposição do poder de uns sobre os outros encontrada em Foucault (1979).

Classificadas como *violência institucional* estão a marginalização, discriminação e práticas de assujeitamento utilizadas por instituições diversas que instrumentalizam estratégias de poder, ou seja, o abuso de poder por parte das instituições que impõem suas regras sem margens de defesa e contra-argumentação por parte dos que são submetidos a ela. Como exemplo desta última, Abramovay (2003b) cita professores que têm dificuldade de dialogar com os alunos, humilhando-os e ignorando completamente seus problemas, não querendo sequer escutá-los.

Alguns autores buscaram explicações para o porquê de existir tantos atos agressivos entre os homens, ou seja, uma resposta que pudesse explicar o que contribui para essa exacerbação da violência. A seguir analisaremos algumas destas determinantes utilizadas como possíveis fatores explicativos para a presença da violência no meio social.

## 2.2 DETERMINANTES DA VIOLÊNCIA

De acordo com Debarbieux e Blaya (2002), os delitos violentos, como os demais crimes, têm origem nas interações entre os agressores e as vítimas, em determinadas situações. Os autores trazem inúmeros fatores determinantes que contribuem para o entendimento da violência. São os fatores: psicológico, familiar, socioeconômico e ainda os fatores circunstanciais.

Como *fator psicológico* que leva a prever atitudes violentas estão a hiperatividade, impulsividade, controle comportamental deficiente e problemas de atenção. Segundo os autores, diversos estudos demonstram a existência de vínculos entre essas dimensões da personalidade e a violência, entre eles, encontram-se os estudos realizados por Brennan et al. (1993), em Copenhague; Klinteberg et al. (1993), na Suécia, e Farrington (1998), em Cambridge e Pittsburgh. Outro fator que contribui para a violência inclui a baixa inteligência e desempenho escolar deficiente conforme estudos apresentado por Denno (1990), na Filadélfia; Hogh e Wolf (1983), em Copenhague, e citados por Debarbieux e Blaya (2002).

Os autores supracitados, Debarbieux e Blaya, afirmam, ainda, que são muitos os *fatores familiares* que prenunciam a violência. Nas pesquisas analisadas pelos autores, verificou-se que os principais indicadores para condenações por atos violentos eram a supervisão parental deficiente, pais agressivos – incluindo disciplina severa e punitiva – e conflitos entre os pais, sendo a ausência do pai um fator quase decisivo. Também os castigos corporais severos e maus-tratos físicos infligidos pelos pais costumam ser prenúncio de delitos violentos pelos filhos. Aqui também podemos acrescentar a negligência dos pais em relação aos filhos como fator relevante para a manifestação da violência entre os jovens.

Vemos, atualmente, a família cada vez mais se desestruturando, da família tradicional vem surgindo novas formas de família, ou seja, família composta apenas de mãe e filho(s), pai e filho(s), filhos de relações diferentes convivendo na mesma casa por conta de novas relações após divórcios, famílias homossexuais, entre outras. Essa desestruturação familiar, aliada ao pouco tempo que os pais dedicam aos filhos, por conta de empregos externos, e à falta de limites impostos pelos pais, pode ser uma das explicações para que as crianças e jovens não tenham limites preestabelecidos para seus comportamentos, confirmando assim as ideias encontradas em Debarbieux e Blaya (2002).

Também Colombier, Mangel e Perdriault (1989) afirmam que "a violência que as crianças e os adolescentes exercem é, antes de tudo, a que o seu meio exerce sobre eles" (p. 17). Fica claro aqui, visto que o meio social predominante na vida das crianças é a família, que a *violência doméstica* é um forte prenúncio de violência escolar. Portanto, as mudanças na estrutura e dinâmica das relações familiares, muito comum nos dias atuais, estão entre um dos possíveis fatores determinantes da violência.

Como *fator socioeconômico*, há um destaque para o fato de o indivíduo oriundo de uma família de baixa condição socioeconômica ser um prenúncio de violência conforme os estudos de Elliot et al. (1989), Wikström (1985), Hogh e Wolf (1983) e Henry et al. (1996), analisados por Debarbieux e Blaya (2002). Mas esse resultado não é conclusivo, visto que em outro estudo realizado em Cambridge, pertencer à classe baixa não era prenúncio de violência, embora outros indicadores socioeconômicos o fossem – baixa renda familiar, moradia precária, tamanho da família e mães muito jovens, entre outros. Apesar de esses dados serem oriundos de pesquisas, já estão superados, visto que a violência está presente em todas as camadas sociais.

Sposito (1998) também concorda que o fator socioeconômico não serve como fator explicativo para a presença da violência, visto que esta está presente em todas as camadas sociais, além do fato de que existem bairros prioritariamente de famílias de baixa renda sem, contudo, serem bairros violentos. Freire, Simão e Ferreira (2006), corroborando as ideias acima, afirmam em seu artigo que "os maus-tratos entre iguais são um fenômeno que atravessa todos os estratos sociais", portanto, a violência não é mais exclusividade de nenhuma classe social, mas sim está disseminada em todo o tecido social. Também a Unesco (2003) aponta alguns fatores de natureza socioeconômica; dentre eles, estão

> a exacerbação da exclusão social, racial e de gênero, bem como a falta de pontos de referências entre os próprios jovens. Outros fatores externos são o crescimento dos grupos e gangues, e também o tráfico de drogas e o colapso da estrutura familiar. A falta ou perda de espaços para a socialização consta como mais um desses fatores (p. 6).

Ainda segundo a Unesco, esses fatores não são condicionantes, mas podem ser encontrados nas explicações propostas para muitos dos casos de violência praticados na escola. Neste caso também a escola seria uma vítima da violência e de situações que estão fora de seu controle.

Também são mais propensos à violência os indivíduos que vivem em áreas urbanas que os indivíduos das zonas rurais. Outra característica relevante encontrada em Debarbieux e Blaya (2002) é a de que, nas áreas urbanas, os indivíduos que moram em bairros com altos índices de criminalidade são mais violentos em comparação aos que vivem em bairros de baixa criminalidade, fato comprovado por vários estudos analisados pelos autores, entre eles, os estudos de Elliot et al. (1989); Thornberry et al. (1995) e Farrington (1998).

Além dos fatores já citados que "influenciam essencialmente o desenvolvimento a longo prazo do potencial para a violência apresentado por um indíviduo", Debarbieux e Blaya (2002) também apresentam os *fatores circunstanciais,* que são aqueles fatores que contribuem para a violência em determinadas situações. É o caso dos crimes de estupro ou roubo, por exemplo. Para que estes aconteçam é necessário que existam alguns requisitos mínimos, ou seja, que existam um agressor motivado e um alvo conveniente, e a ausência de um policial ou de alguém que possa, de alguma forma, frustrar a ocorrência.

Como outros fatores circunstanciais, podemos citar o porte de objetos de valor em ambientes desprotegidos como uma rua deserta ou escura e locais públicos. Outro fator circunstancial que predispõe o indivíduo à violência é o abuso de drogas, tanto lícitas (álcool) como ilícitas (maconha, cocaína, *crack* etc.), sendo o consumo de álcool um fator circunstancial imediato na precipitação da violência, segundo os autores Debarbieux e Blaya (2002) e Seixas (2005).

Os fatores citados acima por Debarbieux e Blaya – apesar de não se relacionarem à realidade brasileira, pois são resultados de pesquisas realizadas em países europeus –, devido à globalização, dentre outros fatores, tornaram-se comuns a todos os lugares, ainda que em menor ou maior escala que, como veremos, não difere muito dos resultados encontrados por pesquisadores brasileiros.

Nos trabalhos produzidos no Brasil, especificamente sobre a nossa realidade, estão os de Levisky (1997), Sposito (1998), Abramovay e Rua (2003a), Abramovay (2003b), Lopes Neto (2005), Fante (2005), entre muitos outros, em que os autores trabalham com alguns determinantes explicativos para a violência no nosso país.

Segundo Lewin (1965, citado por Gomes, 2004, p. 97), há evidências de que o comportamento violento é uma função da relação do jovem com o seu meio. Em seu trabalho, Gomes identifica como fatores condicionantes da violência o *crescimento demográfico* – este, por sua vez, causando o agravamento das desigualdades sociais –, o desemprego e o subemprego, e seus reflexos sobre as condições de vida, como as dificuldades de acesso aos serviços públicos essenciais à manutenção ou elevação da qualidade de vida e bem-estar do cidadão, inclusive o decréscimo das oportunidades educacionais, acarretado pela falência do ensino público.

Gomes (2004) identifica, ainda, outros fatores condicionantes da violência, corroborando alguns dados apresentados por Debarbieux e Blaya (2002), entre eles, *as mudanças na estrutura e dinâmica das famílias*, *o consumo de drogas lícitas ou ilicítas* ou mesmo *o tráfico destas*, incluindo aí *o crime organizado, as formas de informação e formação dos jovens, a influência da mídia*[2] e, por consequência, *as inversões de valores, atitudes e vida social*, que segundo a autora contribuem para a banalização da vida.

Também Sposito (1998) retrata alguns condicionantes para a violência, mais especificamente nas escolas, visto que sua pesquisa visa o ambiente escolar. A autora traz como possíveis determinantes: *a pobreza* – sendo que alguns estudos indicam que não são as regiões mais miseráveis do país aquelas que condensam maior índice de violência.

Outro determinante, segundo Sposito (1998), que, melhor que a pobreza, explicaria a violência seria a exacerbação da desigualdade social, a extremada distribuição desigual da renda ao lado da convivência no mesmo espaço de dois mundos – excluídos e incluídos –, uma das molduras propícias às relações de violência e suas consequências sobre a escola.

Outro determinante trazido pela citada autora a que não podemos deixar de fazer referência, em se tratando de Brasil, é em relação aos *aspectos históricos de nosso país*. Sposito (1998) relata que outro fator explicativo reside no reconhecimento dos aspectos históricos, culturais e políticos que imprimiram suas marcas na constituição de sociedades colonizadas como a nossa, pois torna-se importante registrar que este país é:

> caracterizado não só pela desigualdade, mas pela existência de elites que privatizam a esfera pública e reiteram em suas práticas a ausência de direitos, fortalecendo a impunidade e a corrupção dos governantes. Tende a ser uma sociedade que produz, ao mesmo tempo, a cultura da violência e sua banalização.

Para a autora, esses podem ser alguns dos determinantes, embora não sejam exclusivos, para explicar a violência.

Também Levisky (1997), além de situar um dos determinantes da violência na própria história do Brasil, fruto da he-

[2] Também encontrado nos trabalhos de Minayo (1999), Costantini (2004) e Fante (2005).

rança trazida pelos portugueses, também situa a família como outro componente gerador de violência, em decorrência das transformações pelas quais vem passando. Para o autor:

> Na família da sociedade atual, o pai simbólico, orientador, que sinaliza o eixo e os limites, e o elemento materno, continente e provedor, estão esmaecidos, confusos, ambivalentes quanto aos papéis e valores a serem transmitidos. A mulher, à guisa de exemplo, conquistou novos espaços na sociedade, mas, em contrapartida, grandes perdas estão ocorrendo na qualidade das primeiras relações mãe-bebê e na realização da função materna. Estes fenômenos se devem, em parte, às transformações rápidas, difíceis de serem acompanhadas, característica da cultura vigente (p. 25).

Abramovay e Rua (2003a), para explicar o fenômeno das diversas violências nas escolas, recorrem a duas variáveis: *externas* ou *exógenas* e *internas* ou *endógenas*. Como *aspectos externos*, as autoras trazem as questões de gênero, as relações raciais, situações familiares, influência dos meios de comunicação e o espaço social das escolas. Entre os *aspectos internos* estão a idade e a série ou nível de escolaridade dos estudantes, as regras e a disciplina dos projetos pedagógicos das escolas, assim como o impacto do sistema de punições e o comportamento dos professores em relação aos alunos e à prática educacional em geral.

Também no que tange as causas para a violência, Lopes Neto (2005) retrata alguns fatores explicativos para o comportamento violento. Para o autor "resulta da interação entre o desenvolvimento individual e os contextos sociais, como a família, a escola e a comunidade" (p. S165).

A partir dos estudos analisados acima, já foi possível vislumbrar uma série de fatores que podem levar os indivíduos a praticar a violência. Queremos deixar claro que não são regras imutáveis, são apenas possíveis explicações encontradas em pesquisas realizadas no Brasil e na Europa. Mas uma coisa não podemos deixar de refletir, a violência é prejudicial tanto para quem a sofre, como para quem a pratica ou mesmo para quem a presencia. Ela causa um mal-estar geral que afeta a população como um todo.

Porém um fato peculiar que não podemos deixar de frisar, dentre todos os condicionantes, foi que o fator família e o contexto social foram citados, quase que unanimemente, por todos os autores. As várias pesquisas neste campo demonstram uma forte ligação entre esses dois fatores e a violência.

Se a violência que acontece no mundo externo à escola já a atinge de modo significativo, o que diremos da violência que ocorre no seu próprio meio? Segundo Lopes Neto (2005):

> Infelizmente, o modelo do mundo exterior é reproduzido nas escolas, fazendo com que essas instituições deixem de ser ambientes seguros, modulados pela disciplina, amizade e cooperação e se transformem em espaços onde há violência, sofrimento e medo (p. S165).

Sintetizando os autores supracitados, a desagregação da família, a pobreza, a má distribuição de renda, se analisados isoladamente, não conseguem explicar a violência, pois deixam lacunas, visto que não há regras fixas para explicar a violência na atualidade, pois esta está disseminada em todos os meios sociais. É a somatória desses determinantes, da crescente globalização, do consumismo pregado pela mídia, a escolaridade precária da maioria, o desemprego ou subemprego, a banalização da violência nos filmes e novelas, entre muitos outros. Todas essas variáveis talvez consigam explicar o crescimento da violência.

Dentre todos os fatores já citados, não podemos deixar de nos referir ao papel da televisão, da internet, da telefonia móvel, do tráfico de drogas, do consumismo exacerbado. Esses também são condicionantes para a violência, visto que são propagados a todo momento, em diversos tipos de programas, entre eles, os filmes e as novelas. Até mesmo os desenhos animados, destinados às crianças, fazem apologia à violência e, nos comerciais, ao consumismo, conforme podemos verificar na fala de alunos das escolas públicas entrevistados por Minayo (1999, p. 142):

> *Violência é um negócio que vende nos desenhos animados, nos desenhos japoneses, como os* Cavaleiros do Zodíaco, *nos filmes. Aí a criança vê aquilo, de certa maneira ela acha que é normal, que o super-herói dela mata o outro e ela quer imitar.*

# 3
# VIOLÊNCIA E *BULLYING*

Dentre todos os tipos de agressões citadas, a mais preocupante é a violência sutil, velada, mascarada ou invisível, pois esta pode passar despercebida, como explica Morais (1995), citado por Paredes, Saul e Bianchi (2006, p. 15), "exatamente por faltar-lhes o impacto da brutalidade". Chesnais (1981), citado por Abramovay (2003b, p. 98), esclarece que apesar de a palavra violência estar etimologicamente ligada à noção de força, muitos estudos demostram como violentas outras situações que não envolvem força, por exemplo, "magoar, agredir por meio de palavras e atitudes". É sobre esse tipo de violência sutil e velada que nosso trabalho está se debruçando, pois por sua peculiaridade, a sua percepção por parte dos pais, e dos educadores se torna mais difícil.

## 3.1 O *BULLYING*

Alguns pesquisadores conhecem esse tipo de violência sutil por *bullying*. Esta é uma forma de violência que, como afirma Fante (2005), acontece de forma velada, por "meio de um conjunto de comportamentos cruéis, intimidadores e repetitivos, prolongadamente contra uma mesma vítima" e com grande poder destrutivo, pois fere a "área mais preciosa, íntima e inviolável do ser – a alma". O *bullying* vem se disseminando nos últimos anos, "tendo como resultados os nefastos massacres em escolas localizadas nas mais diversas partes do mundo", incluindo o Brasil (p. 21).

Aramis Lopes Neto (2005) destaca, além do caráter repetitivo do *bullying*, encontrado em Fante (2005) e em muitos outros pesquisadores, também o seu caráter intencional e sem motivação evidente, assim como a desigualdade de poder entre os envolvidos. Para o autor, o *bullying*

> compreende todas as atividades agressivas, intencionais e repetitivas, que ocorrem sem motivação evidente, adotadas por um ou mais estudantes contra outro(s), causando dor e angústia, sendo executados dentro de uma relação desigual de poder. Essa assimetria de poder associada ao *bullying* pode ser consequente da diferença de idade, tamanho, desenvolvimento físico ou emocional, ou do maior apoio dos demais estudantes (LOPES NETO, 2005, p. S165).

Diferentemente do termo violência, aqui há um certo consenso entre os pesquisadores do *bullying* quanto à sua definição. Entre os trabalhos pesquisados que trazem certa semelhança quanto à definição do *bullying* estão Carvalhosa, Lima e Matos (2001); Pereira (2002); Costantini (2004); Fante (2005); Liberal et al. (2005); Seixas (2005); Beaudoin e Taylor (2006); Marriel et al. (2006) e Freire, Simão e Ferreira (2006).

Assim, também há um consenso de que se trata de um fenômeno que não é exclusivo de um único ambiente, pode acontecer em qualquer lugar onde exista relação interpessoal, ou seja, na família, no trabalho, no bairro, no clube, nos asilos de idosos, nas prisões, nas forças armadas, na escola, entre outros (FANTE, 2005). De todos esses ambientes, um dos mais preocupantes é o escolar, visto que as crianças e os adolescentes ainda não possuem a personalidade totalmente formada,[1] não possuindo amadurecimento suficiente para lidarem com as consequências do *bullying*.

[1] Por isso nossa ênfase no *bullying* dentro do ambiente escolar. Além da palavra *bullying*, utilizaremos as palavras "incivilidades" ou "intimidações" para tratar do mesmo tema, pois alguns autores, ainda que tratando das mesmas manifestações, não fazem uso da palavra *bullying*.

O *bullying*, segundo Pereira (2002), representa uma forma séria de comportamento antissocial que, pela sua duração, pode prejudicar o desenvolvimento da criança, tanto imediatamente como a longo prazo, e pode contribuir para o maior envolvimento dos "*bullies activos*" em comportamentos criminais na vida adulta, como veremos adiante.

Esse fenômeno[2] é "um comportamento ligado à agressividade física, verbal ou psicológica" que pelo fato de possuir várias formas de manifestação, há o perigo destas serem confundidas com outros comportamentos casuais. Costantini (2004) explica que o *bullying*

> não são conflitos normais ou brigas que ocorrem entre estudantes, mas verdadeiros atos de intimidação preconcebidos, ameaças, que, sistematicamente, com violência física e psicológica, são repetidamente impostos a indivíduos particularmente mais vulneráveis e incapazes de se defenderem, o que leva no mais das vezes a uma condição de sujeição, sofrimento psicológico, isolamento e marginalização (p. 69).

Com isso, o autor quer diferenciar os comportamentos normais (agressões esporádicas entre alunos) do comportamento de *bullying* (intencional e repetitivo contra a mesma vítima), destacando os sofrimentos causados nas pessoas que sofrem tais agressões.

O *bullying* se manifesta através de insultos, intimidações, apelidos cruéis, gozações que magoam profundamente, acusações injustas, tomar pertences, meter medo, atuação de grupos que hostilizam, ridicularizam e infernizam a vida de outros alunos, levando-os à exclusão, além de danos físicos, morais e materiais, que segundo Fante (2005), "é um comportamento cruel e intrínseco das relações interpessoais, em que os mais fortes convertem os mais frágeis em objetos de diversão e

[2] Usaremos a palavra fenômeno pelo fato de o *bullying* se manifestar em todas as escolas do mundo, ainda que em maior ou menor escala.

prazer, através de brincadeiras que disfarçam o propósito de maltratar e intimidar" (p. 29).

Para o agressor, os atos de *bullying* são divertidos porque humilham a pessoa vitimada. Quando esta aceita de forma pacífica, torna-se alvo de chacota também para outros alunos. O agressor se sente bem, pois para a sua turma ele é "o poderoso", ele se satisfaz ao ver o riso dos colegas ou muitas vezes se sentem vingados pelas agressões ou humilhações que sofrem em outros ambientes, entre eles, o familiar ou simplesmente porque a educação que recebem dos pais serve de incentivo à violência e ao sadismo, neste caso dando-lhe prazer ao ver o sofrimento da sua vítima.

As agressões do *bullying* são consideradas gratuitas porque a pessoa vitimada, geralmente, não cometeu nenhum ato que motivasse as agressões. Geralmente acontece por motivos discriminatórios, por exemplo, ser de etnia diferente, ser um bom aluno e tirar boas notas, ser frágil ou muito pequeno, usar óculos, possuir atitudes afeminadas para os homens ou masculinizadas para as mulheres, ou seja, por seu porte físico, suas atitudes e valores, entre muitos outros.

## 3.2 HISTÓRICO DO *BULLYING*

Segundo Fante (2005), o *bullying* é um fenômeno mundial tão antigo quanto a própria escola. Seu estudo sistemático começou por volta da década de 70, na Suécia, entretanto no final do ano de 1982, os jornais noruegueses noticiavam o suicídio de três crianças com grandes probabilidades de terem sido motivados por situações de maus-tratos a que eram submetidas pelos seus companheiros de escola, conforme consta também no *site* da Associação Brasileira Multiprofissional de Proteção à Infância e à Adolescência (Abrapia).

Foi Dan Olweus, pesquisador da Universidade de Bergen, na Noruega, quem desenvolveu os primeiros critérios para detectar o problema de forma específica, permitindo diferenciá-lo de outras possíveis interpretações como incidentes, gozações ou brincadeiras próprias da idade (FANTE, 2005). Debarbieux e Blaya (2002) afirmam que a primeira campanha de base escolar de larga escala foi realizada, em nível nacional, na Noruega, em 1983.

Olweus pesquisou mais de 84.000 alunos, 300 a 400 professores e 1.000 pais de alunos, distribuídos nos vários graus de ensino. Nessa pesquisa, ele avaliou a natureza e a ocorrência do *bullying* entre os jovens pesquisados. Para isso, o autor elaborou um questionário que consistia em 25 questões[3] com resposta de múltipla escolha em que se podiam verificar várias questões, entre elas, a frequência, tipos de agressões, locais de maior risco, tipos de agressores e percepções individuais quanto ao número de agressores. A finalidade de seu questionário era apurar as situações de vitimização e agressão, segundo o ponto de vista da própria criança.

Os resultados da pesquisa de Olweus evidenciaram que um em cada sete estudantes estava envolvido em caso de *bullying*. Em 1993, Olweus publicou o livro *Bullying at school*, que apresenta e discute o problema, os resultados de seu estudo, projetos de intervenção e uma relação de sinais ou sintomas que poderiam ajudar a identificar possíveis agressores e vítimas.

De posse dos resultados, o governo norueguês apoiou uma Campanha Nacional Anti-*Bullying* nas escolas. A campanha na Noruega constou da realização do levantamento nas escolas (conforme descrito acima), material e vídeos foram distribuídos entre professores, assim como aconselhamento aos pais e publicidade na mídia. Usando seu questionário de autodepoimento e comparando os grupos de faixa etária equivalente, Olweus verificou que, de 1983 a 1985, as práticas de intimidação diminuíram em 59%, tanto para meninos, quanto para meninas (DEBARBIEUX e BLAYA, 2002).

O programa de intervenção proposto por Olweus tinha como características principais desenvolver regras claras contra o *bullying* nas escolas, alcançar um envolvimento ativo por parte de professores e pais, aumentar a conscientização

[3] Esse instrumento foi adotado e utilizado em diversos estudos, em vários países, incluindo o Brasil, pela Abrapia, possibilitando, assim, o estabelecimento de comparação intercultural.

do problema, avançando no sentido de eliminar alguns mitos sobre o *bullying* e prover apoio e proteção para as vítimas.

O resultado das pesquisas de Olweus repercutiu em vários países, tais como Portugal, Inglaterra, Espanha, Estados Unidos, Japão, China, entre muitos outros, que atentaram para este fenômeno, que toma cada vez mais aspectos preocupantes quanto ao seu crescimento, e por atingir faixas etárias inferiores, relativas aos primeiros anos de escolaridade. Estima-se que, em torno de 5% a 35% de crianças em idade escolar, estão envolvidas de alguma forma em atos de agressividade e de violência na escola (PEREIRA, 2002; FANTE, 2005).

Segundo Fante (2005), o *bullying* ocorre em todas as escolas do mundo, com maior ou menor incidência e independentemente das características culturais, econômicas e sociais do aluno, por isso a grande preocupação dos pesquisadores em buscar soluções para o problema, que existe em escala mundial.

O termo *bullying* é uma palavra de origem inglesa que serve para identificar o fenômeno de agressão e de vitimização entre pares, em nível internacional. É descrito como abuso sistemático de poder, pois são comportamentos agressivos exercidos por um ou mais indivíduos sobre outros e identifica-se pela intencionalidade de magoar alguém (SMITH & SHARP, 1994, citados por PEREIRA, 2002).

### *3.2.1* Bullying *no Brasil*

O tema violência escolar, no Brasil, segundo Sposito (1998), ainda é pouco estudado. Em análise feita em 6.092 trabalhos discentes da pós-graduação num período de 15 anos (1980-1995), apenas quatro estudos examinaram a violência que atinge a unidade escolar, pois naquele momento [1980] "não estavam sendo questionadas as formas de sociabilidade entre alunos, mas eram criticadas as práticas internas aos estabelecimentos escolares produtoras da violência" (SPOSITO, 2001, p. 91).

Ainda segundo a autora, algumas razões contribuíram para essa maior visibilidade da violência, a saber, o fim do período ditatorial e o início da redemocratização do país e uma maior cobertura pela imprensa e pela mídia de atos violentos, privilegiando os homicídios que ocorrem nas cercanias ou no interior dos prédios escolares.

É nos anos 90 que a violência escolar passa a ser observada nas interações dos grupos de alunos, caracterizando um tipo de sociabilidade entre os pares, e a violência nas escolas passa a ser considerada questão de segurança.

As pesquisas sobre violência interpessoal nascem, segundo Sposito (2001), particularmente a partir de 1997, sendo a Unesco a pioneira em pesquisas nessa área. A pesquisa realizada pela Unesco envolveu jovens de Brasília e o resultado já evidenciava casos de discussões, ameaças e intimidações no interior da escola.

A partir daí, começaram a surgir, em várias partes do país, estudos sobre a violência no ambiente escolar. Paredes, Saul e Bianchi (2006) listam uma série de pesquisas realizadas neste período. Entre essas pesquisas, está o levantamento nacional, realizado apenas com professores da rede pública, sobre o tema violência escolar, pela Confederação Nacional dos Trabalhadores em Educação (CNTE), em parceria com a Universidade de Brasília (UnB), cuja pesquisa revelou que os episódios mais corriqueiros de violência na escola foram o vandalismo, seguido de agressões entre alunos e, por último, os de agressão dirigida aos professores.

As autoras trazem também um apanhado geral dos estudos realizados em todo o país. Entre eles, estão os estudos realizados por Rodrigues (1994) e Castro (1998), no Rio de Janeiro; Magagnim (1999), em Brasília; Queiroz (1999), no Distrito Federal; Costa (2000), em Porto Alegre; Camacho (2000), em Vitória; Figueiredo (2000), em Florianópolis; Araújo (2001), em Belo Horizonte; Menin e Silva (2003) e Placco (2003), em São Paulo; todos esses pesquisadores estudaram de modo focalizado as manifestações de violência e suas representações sociais.

Até 2003, dos autores brasileiros que retratam a violência escolar, por nós analisados, nenhuma menção ao termo *bullying* foi encontrada. Somente a partir de 2005, encontramos algumas referências ao *bullying* e sua especificidade. Entre eles, estão os estudos de Lopes Neto (2005), Fante (2005), Seixas (2005) e Marriel et al. (2006).

Por conta do *bullying* ser um fenômeno que tem características próprias e a necessidade de ter reconhecidas todas as suas consequências nos envolvidos, alguns autores brasileiros passaram a adotar esse termo. Encontramos uma explicação para o uso do termo estrangeiro em Lopes Neto (2005), o autor explica que usamos a palavra estrangeira *bullying* porque:

> A adoção universal do termo *bullying* foi decorrente da dificuldade em traduzi-lo para diversas línguas. Durante a realização da Conferência Internacional *Online School Bullying and Violence*, de maio a junho de 2005, ficou caracterizado que o amplo conceito dado à palavra *bullying* dificulta a identificação de um termo nativo correspondente em países como Alemanha, França, Espanha, Portugal e Brasil, entre outros (LOPES NETO, 2005, p. S165).

Talvez, aí se encontre a explicação para que o termo só venha a ser utilizado a partir de 2005, no Brasil, pois na literatura internacional, segundo Pereira (2002), o fenômeno já era identificado como *bullying* desde 1991. Para isso a autora cita o trabalho de Smith & Thompson realizado neste mesmo ano. Nesta época nem todos os países utilizavam essa denominação, alguns se referiam (e ainda se referem) ao mesmo problema, porém com nomenclaturas diferentes. Como relata Fante (2005)

> (...) existem outros termos para conceituar esses tipos de comportamentos. *Mobbing* é um deles, empregado na Noruega e na Dinamarca; *mobbning*, na Suécia e na Finlândia. (...) Na França, denominam *harcèlement quotidién;* na Itália, de *prepotenza* ou *bullismo*; no Japão, é conhecido como *yjime*; na Alemanha, como *Agressionen unter Schülern*; na Espanha, como *acoso y amenaza entre escolares*; em Portugal, como *maus tratos entre pares* (p. 27-28).

Assim, por abarcar problemas tão distintos e complexos, optou-se por esse termo para abranger toda a especificidade do fenômeno e também diferenciá-los das agressões esporádicas entre os alunos. Para Fante (2005):

> O *bullying* é um conceito específico e muito bem definido, uma vez que não se deixa confundir com outras formas de violência. Isso se justifica pelo fato de apresentar características próprias, dentre elas, talvez a mais grave, a propriedade de causar traumas ao psiquismo de suas vítimas (p. 30)

Portanto, temos aí a explicação do motivo pelo qual o termo *bullying* ainda não ter uma tradução para o português que retrate fielmente o problema, "mas é facilmente compreendida quando se traduz literalmente a palavra que lhe deu origem: *bully – valentão – brigão*" (COSTANTINI, 2004, p. 9).

Fante (2005), baseada em pesquisas desenvolvidas pela professora Marta Canfield e colaboradores (1997), pelos professores Israel Figueira e Carlos Neto (2000-2001) e pela Abrapia em 2003, relata que os resultados divulgados mostraram que 40,5% dos alunos pesquisados admitiram estar envolvidos em *bullying*, fato confirmado por pesquisa desenvolvida pela mesma autora durante os anos de 2000 a 2004. Segundo a autora, as pesquisas revelaram que o fenômeno "se faz presente em nossas escolas com índices superiores aos apresentados em países europeus" (p. 47).

Porém, os estudos não são conclusivos, haja vista que ainda não foram realizados em escala nacional, mas pontualmente em algumas escolas esparsas pelo país. Segundo Fante (2005),

> no Brasil, o *bullying* ainda é pouco comentado e estudado, motivo pelo qual não existem indicadores que nos forneçam uma visão global para que possamos compará-lo aos demais países. O que se sabe é que em relação à Europa, no que se refere aos estudos e tratamento desse comportamento, estamos com pelo menos 15 anos de atraso (p. 46).

Apesar disso, os resultados encontrados quanto aos tipos de manifestações, perfil e gênero dos envolvidos, são semelhantes ao encontrado nas demais pesquisas realizadas em outros países, como veremos adiante.

### *3.2.2 Exemplificações do fenômeno* bullying

Para que possamos entender as trágicas consequências do *bullying* no psiquismo de suas vítimas, citaremos algumas histórias encontradas em Fante (2005) e Beaudoin e Taylor (2006), a título de exemplificações.

> 1º exemplo – John era um garoto de 12 anos que morava em Los Angeles com sua íntegra família de classe média. Mantinha certa proximidade com seus pais e era filho único. Sempre fora um aluno nota 10 e um cidadão-modelo. De fato, era bastante maduro para sua idade e já havia desenvolvido valores muito fortes. A vida ia relativamente bem para John até a 5ª série. Mesmo frequentando uma escola conceituada e tendo muito boas amizades, passou a ser importunado e assediado regularmente por um pequeno grupo de cinco garotos. Como os incidentes foram deixando-o cada vez mais aborrecido, ele e a família expuseram suas preocupações ao diretor. O diretor estava inseguro quanto ao modo de lidar com essa situação, porque a maior parte desses incidentes não havia sido testemunhada pelos adultos encarregados da supervisão dos alunos. Os pais de John, assim como a maioria dos pais, também se perguntavam se infelizmente esse quadro não faria parte da experiência habitual da escola. As provocações e o assédio continuaram intensificando-se; o humor de John, seu relacionamento com os professores e suas notas começaram a declinar. Certo dia, quando ele tropeçou e caiu jogando basquetebol, um dos garotos pisou em cima de sua mão, fingindo que fora sem querer. John gritou de dor, foi até a enfermaria e reclamou para as autoridades. Como se acreditou que havia sido um

> acidente, não foram tomadas quaisquer medidas. Ele teve uma distensão nos dedos. No dia seguinte, não quis ir à escola. Sem saber ao certo no que acreditar, os pais de John exigiram que ele fosse. Os cinco garotos passaram o dia zombando dele e atingindo "acidentalmente" seus dedos sempre que podiam. John foi esperto e desviou os golpes para a outra mão, na esperança de se proteger. Mas isso não foi o suficiente. Na saída da escola, os cinco garotos o imobilizaram no chão e passaram com um *skate* por cima de sua mão (BEAUDOIN E TAYLOR, 2006, p. 15).

Final da história: John, além do sofrimento físico, teve de pedir transferência para outra escola e os cinco garotos sequer foram suspensos, pois o incidente com o *skate* ocorreu fora do ambiente escolar.

> 2ª exemplo – Edimar, um jovem humilde e tímido de 18 anos que morava em Taiúva, interior de São Paulo, foi vítima de seus companheiros de escola durante onze anos. Os companheiros importunavam-no por causa de sua obesidade, colocando apelidos que o constrangiam e incomodavam. Sabedor da principal causa que provocava sua hostilização e o rechaço de seus companheiros, propôs-se a emagrecer. Porém, todos os esforços para perder quase trinta quilos foram em vão. Se não bastasse ser chamado de "gordo", "mongoloide" e "elefante cor-de-rosa", ainda adquiriu o apelido de Vinagrão (por ingerir vinagre de maçã todos os dias, pela manhã, para ajudar no emagrecimento). Edimar não podia mais resistir. No dia 27 de janeiro de 2003, o jovem, que havia concluído o Ensino Médio, entrou na sua ex-escola durante o recreio dos alunos que estavam em recuperação, portando um revólver calibre 38 e efetuou quinze disparos, ferindo uma professora, seis alunos e o zelador. Depois se matou com um tiro na cabeça. No bolso, outras 89 balas conforme notícias nos jornais à época (FANTE, 2005, p. 40-41).

3º exemplo – Na cidade de Remanso, na Bahia, Denilton, um adolescente de 17 anos, tímido e introvertido, foi excluído do círculo de colegas da escola. Revoltado com os anos de humilhações a que fora submetido, no ambiente escolar, resolveu dar um basta àquela sequência de sofrimentos. Mobilizado por pensamentos de vingança, dirigiu-se à sua ex-escola, à procura de seus agressores. Não os encontrando, uma vez que as aulas estavam suspensas, foi até a escola onde estava matriculado e novamente se deparou com as portas fechadas. Necessitando a todo custo exteriorizar os sentimentos que em sua alma estavam represados, encaminhou-se à casa do seu agressor principal, um garoto de 13 anos. Lá chegando, chamou-o pelo nome e o matou na porta da casa com um tiro na cabeça. Sem conseguir ordenar seus pensamentos, transtornado, dirigiu-se então à escola de informática onde havia estudado, na tentativa de encontrar aqueles que aos poucos, dia após dia, foram lhe roubando a alegria de viver e o direito de aprender e de ser feliz. Na tentativa de barrar quem ousasse entrar em seu caminho para impedi-lo de seu intento, atirou contra funcionários e alunos, atingindo fatalmente a cabeça da secretária, uma jovem de 23 anos. Quando tentava recarregar a arma foi imobilizado e detido. Em seu depoimento, o adolescente deixou claro o grau de sofrimento e os traumas que foram criados em seu psiquismo por causa das humilhações na escola. Sua intenção era cometer uma chacina e depois o suicídio (FANTE, 2005, p. 41-42).

4º exemplo – Em Patagones, na Argentina, Rafael, um jovem de 15 anos, tímido e com dificuldades de relacionamento, era considerado esquisito por muitos colegas da escola porque se vestia de maneira diferente e ouvia músicas às quais não estavam acostumados. Insultado e ridicularizado por ser diferente, era chamado de "tonto" (bobo) e diziam que ele era de outro mundo. Vivia só e se isolava dos demais. Após a execução do Hino Nacional argentino, o garoto dirigiu-se para a sala de aula e disse: "Hoje vai ser um lindo dia". De repente, começou a atirar contra as paredes, provocando pânico. Em seguida disparou contra pessoas, matando três meninas, um menino e ferindo mais cinco. Finalmente ajoelhou-se em estado de choque e entregou-se à polícia (FANTE, 2005, p. 42).

Estes são alguns exemplos, que demonstram os diversos motivos, quando estes existem, que levam um indivíduo a ser alvo de *bullying*. No primeiro exemplo, podemos verificar que não há nenhum motivo aparente, mas o fato de John ser um bom aluno pode ter sido o fator decisivo para desencadear as agressões.

No segundo caso, o fator obesidade foi o motivo principal da hostilização dos colegas para com a vítima. No terceiro exemplo, a timidez e a introversão podem ter sido o motivo que levou Denilton a ser humilhado pelos colegas e, no quarto caso, o fato de o garoto fugir aos padrões tidos como "normais" desencadearam as agressões.

Existem vários outros exemplos e pelos mais variados motivos (atitudes afeminadas para os meninos ou masculinizadas para as meninas, sotaque diferente, fugir ao padrão étnico, cultural, econômico etc.). Estes, porém, já serviram para nos fornecer uma noção do sofrimento que as manifestações de *bullying* provocam em seus alvos. Nos parágrafos seguintes, veremos um pouco sobre como o fenômeno *bullying* se manifesta.

## 3.3 ENTENDENDO O *BULLYING*

A palavra *bullying* é específica para determinar um fenômeno bem peculiar, com características bem definidas, não é um conflito normal ou briga entre estudantes, mas ameaças com violência física, verbal e psicológica que causam grandes sofrimentos. Para que as agressões sejam caracterizadas como *bullying*, Fante (2005) afirma que alguns pesquisadores consideram ser necessários, no mínimo, três ataques contra a mesma vítima durante o ano (p. 28).

Mas não podemos generalizar todas as agressões ocorridas na escola como *bullying*. É preciso saber fazer a distinção entre o que é ou não manifestação de *bullying*, pois "o limiar entre as situações ditas normais e o *bullying* estão separadas por fronteiras tênues" (PEREIRA, 2002, p. 132), e existe toda uma especificidade que caracteriza uma ação como tal.

Para Pereira (2002), o uso da palavra *bullying* é muito importante, visto que pode

> Existir o risco de o confundir com outras formas de comportamento agressivo, que é normalmente expresso em determinadas idades, principalmente entre 7 e os 14 anos; ou ainda, com brincadeiras agressivas ativas de grande expansividade e envolvimento físico dos intervenientes, mas em que não existe a intencionalidade de magoar ou causar danos (p. 17).

Para evitar essa confusão, as manifestações de agressividade devem ser investigadas, pois enquanto algumas agressões têm a característica de ser um caso eventual, típico do amadurecimento das crianças e sem intencionalidade, outras têm a característica de serem casos repetitivos e intencionais contra uma mesma vítima. É aí que está o problema, pois nesses casos as vítimas passam por sofrimentos tanto físicos como psicológicos, podendo causar prejuízos emocionais irreparáveis pelos traumas e sequelas sofridos pelo seu aparelho psíquico. Neste ponto, concordam os autores Pereira (2002), Fante (2005) e Lopes Neto (2005). Isso acontece porque são agressões que podem acontecer diariamente, afetando o equilíbrio da pessoa, sendo essa pessoa uma criança ou jovem, ainda despreparado para lidar com frustrações.

O *bullying* tem a principal característica de ser uma manifestação desigual de poder, na qual a vítima não consegue se defender com facilidade, nem tampouco buscar ajuda, porque em alguns casos ou ela tem medo de represálias ou, às vezes, o adulto não dá a devida atenção para o problema relatado pela criança, deixando-a exposta ainda mais ao agressor.

Essas manifestações geralmente ocorrem longe das vistas de um adulto, de acordo com Costantini (2004), daí a dificuldade em reconhecer a sua existência. Geralmente, os locais onde predominam os ataques são: o pátio, os corredores, os banheiros e as salas de aulas, conforme estudos de Pereira (2002), pois esses são locais de pouca fiscalização por parte dos profissionais da escola.

Sintetizando as ideias dos autores Pereira (2002), Costantini (2004), Fante (2005), Lopes Neto (2005), qualquer comportamento de *bullying* é manifestado por alguém que tenha como alvo outro indivíduo. Assim há envolvimento de pelo menos dois agentes: o agressor e a vítima. Porém os autores supracitados trazem, no mínimo, cinco tipos de envolvimento. São os *agressores*, as *vítimas típicas* ou *passivas*, *vítimas agressivas*, as *vítimas provocativas* e as *testemunhas*.

### *3.3.1 Tipos de envolvimento no* bullying

Os *agressores* são aqueles que vitimizam os mais fracos. Podem ser de ambos os sexos. Diversos autores concordam que estes frequentemente são membros de famílias desestruturadas; entre eles, estão Carvalhosa, Lima e Matos (2001), Debarbieux e Blaya (2002), Pereira (2002), Fante (2005) e Lopes Neto (2005).

Para entendermos o perfil dos envolvidos, vamos analisar algumas definições trazidas por alguns autores. Aramis Lopes Neto (2005) traz, em sua definição sobre os agressores de *bullying*, que:

> *é tipicamente popular*; tende a envolver-se em uma variedade de comportamentos antissociais; pode mostrar-se agressivo inclusive com os adultos; é impulsivo; vê sua agressividade como qualidade; tem opiniões positivas sobre si mesmo; é geralmente mais forte que seu alvo; sente prazer e satisfação em dominar, controlar e causar

danos e sofrimentos a outros. Além disso, pode existir um "componente benefício" em sua conduta, como ganhos sociais e materiais. São menos satisfeitos com a escola e a família, mais propensos ao absenteísmo e à evasão escolar e têm uma tendência maior para apresentarem comportamentos de risco (consumir tabaco, álcool ou outras drogas, portar armas, brigar etc.). As possibilidades são maiores em crianças ou adolescentes que adotam atitudes antissociais antes da puberdade e por longo tempo (p. S167, grifo nosso).

Lopes Neto (2005) e Fante (2005) discordam quanto à popularidade dos agressores. Enquanto Lopes Neto afirma que estes são tipicamente populares, Fante afirma que "costuma ser um indivíduo que manifesta pouca empatia" (p. 73), e complementa:

> (...) o agressor normalmente se apresenta mais forte que seus companheiros de classe e que suas vítimas em particular; pode ter a mesma idade ou ser um pouco mais velho que suas vítimas; pode ser fisicamente superior nas brincadeiras, nos esportes e nas brigas, sobretudo nos casos dos meninos. (...) é mau-caráter; impulsivo, irrita-se facilmente e tem baixa resistência a frustrações. Custa a adaptar-se às normas (...). É malvado, duro e mostra pouca simpatia para com suas vítimas. Adota condutas antissociais, incluindo o roubo, o vandalismo e o uso de álcool, além de se sentir atraído por más companhias. Seu rendimento escolar, nas séries iniciais, pode ser normal ou estar acima da média; nas demais séries, em geral, ainda que não necessariamente, obtém notas mais baixas e desenvolve atitudes negativas para com a escola (p. 73).

Em Pereira (2002) e Debarbieux e Blaya (2002), também encontramos menção no que se refere à baixa popularidade dos agressores. Segundo os autores, estes não apresentam remorso, pois sentem que sua conduta é justa, têm confiança em si mesmos e não têm medo; são oriundos de famílias desajustadas e tendem a se envolver em mais casos ligados à criminalidade que os alunos não agressores.

As *vítimas* são aquelas crianças que sofrem as agressões. As pesquisas nos apresentam uma subdivisão da categoria vítimas em: *vítima passiva* ou *típica* segundo os autores Carvalhosa, Lima e Matos (2001); Debarbieux e Blaya (2002); Pereira (2002); Fante (2005); Lopes Neto (2005); Seixas (2005); Marriel et al. (2006); *vítima agressiva*, subdivisão encontrada em Debarbieux e Blaya (2002); Fante (2005) e Seixas (2005) e *vítima provocativa* em Carvalhosa, Lima e Matos (2001); Debarbieux e Blaya (2002); Pereira (2002); Fante (2005); Lopes Neto (2005).

Por *vítima passiva* ou *típica*, os autores entendem que é aquela criança que serve de marionete para o agressor. Elas não reagem às provocações e sofrem repetidamente as consequências dos comportamentos agressivos. Geralmente são crianças superprotegidas em casa. Estas são caracterizadas pelo medo e falta de confiança em si mesmas. A vítima típica, segundo Fante (2005), possui:

> (...) extrema sensibilidade, timidez, passividade, submissão, insegurança, baixa autoestima, alguma deficiência de aprendizado, ansiedade e aspectos depressivos. (...) sente dificuldades de impor-se ao grupo, tanto física como verbalmente, e tem uma conduta habitual não-agressiva, motivo pelo qual parece denunciar ao agressor que não irá revidar se atacada e que é "presa fácil" para os seus abusos (p. 72).

A *vítima agressiva* é aquela que diante dos maus-tratos sofridos reage igualmente com agressividade. Segundo Fante (2005) "(...) é aquele aluno que, tendo passado por situações de sofrimento na escola, tende a buscar indivíduos mais frágeis que ele para transformá-los em bodes expiatórios, na tentativa de transferir os maus-tratos sofridos" (p. 72).

A *vítima provocativa* é aquela que provoca e atrai reações agressivas contra as quais não consegue lidar com eficiência; é geniosa, tenta brigar ou responder quando é atacada ou insultada, geralmente de maneira ineficaz. Pode ser uma criança hiperativa, inquieta, dispersiva e ofensora. Geralmente são imaturas, de costumes irritantes e causadores de tensões no ambiente em que se encontram. Em casa, normalmente, são expostas a violência doméstica e possuem pais punitivos.

Ortega (2003, p. 85) afirma que "a vítima da violência é vítima porque, por uma série de razões, não consegue evitá-la; não sabe ou não pode pedir ajuda; ou mesmo quando a pede, não consegue obtê-la ou incorporá-la e, por fim, não a recebe porque ninguém a dá a ela".

Para Lopes Neto (2005), existem alguns fatores que podem ser os facilitadores para que alguém se torne vítima. Para o autor, esses fatores vão desde os métodos educativos familiares até

> A proteção excessiva, gerando dificuldades para enfrentar os desafios e para se defender; tratamento infantilizado, causando desenvolvimento psíquico e emocional aquém do aceito pelo grupo; e o papel de "bode expiatório"[4] da família, sofrendo críticas sistemáticas e sendo responsabilizados pelas frustrações dos pais (p. S167).

Ainda segundo o autor (p. S167), "é pouco comum que a vítima revele espontaneamente o *bullying* sofrido, seja por vergonha, por temer retaliações, por descrer nas atitudes favoráveis da escola ou por recear possíveis críticas". A vítima se sente impotente diante da descrença do adulto, quando ela denuncia os atos de agressões sofridas e o adulto escolhido[5] não lhe dá a devida atenção, achando que o caso foi apenas mais uma brincadeira de mau gosto.

[4] O termo "bode expiatório" para se referir à vítima também é encontrado em Fante (2005) e Levisky (1997).

[5] Usamos a palavra "escolhido" porque a pessoa agredida só comenta sobre o assunto com quem ela se sente segura para falar, seja alguém da família ou um profissional da escola.

Por isso a vítima, na maioria das vezes, prefere guardar segredo até que se sinta segura, pois tem medo de que o agressor fique sabendo da denúncia e queira se vingar. Portanto, para Lopes Neto (2005), "(...) o silêncio só é rompido quando os alvos sentem que serão ouvidos, respeitados e valorizados".

As *testemunhas* são aqueles que presenciam as agressões. Geralmente não se envolvem diretamente com o *bullying*. Costantini (2004); Fante (2005) e Lopes Neto (2005) relatam que estes representam a maioria dos alunos que convive com o problema, mas geralmente se calam por medo de serem as próximas vítimas. Prevalece a lei do silêncio.

Dentro do *grupo de testemunhas*, Costantini (2004) e Lopes Neto (2005), classificaram-nos quanto ao grau de envolvimento no fenômeno. Para os autores, há aquelas testemunhas que participam da agressão – *são os auxiliares*; outros incitam e estimulam os agressores – *são os incentivadores*; há aqueles que se afastam da vítima ou fingem nada ver – *são os observadores*; e há aqueles que tentam ajudar a vítima – *são os defensores*.

Mesmo não sofrendo diretamente as agressões, esse grupo também sofre as consequências advindas desse fenômeno. Sentem-se inseguros, incomodados e seu progresso acadêmico pode vir a ser abalado. Segundo Cowie, Murray & Brooks (1996), citados por Pereira (2002), as influências do *bullying*, além de comprometer o rendimento escolar, também causam reações psíquicas por causa do medo de ser a próxima vítima.

### *3.3.2 Formas de manifestação do* bullying *e gênero*

Os comportamentos de *bullying* adquirem diversas formas, sendo algumas mais cruéis do que outras. Elas podem se apresentar de duas formas: a *direta* e a *indireta* (PEREIRA, 2002; FANTE, 2005; LOPES NETO, 2005), sendo a forma indireta a que mais provoca danos psicológicos em suas vítimas e de mais difícil detecção. Conforme os autores, a forma *direta* inclui agressões físicas (bater, empurrar, tomar pertences), enquanto as agressões *indiretas* incluem a agressão verbal (apelidar de maneira pejorativa e insultar) e a psicológica (meter medo, constranger, intimidar, fazer gozações e acusações injustas, assim como ridicularizar e "infernizar" a vida de outros alunos).

Bobbio, Matteucci e Pasquino (1991) definem que a violência é direta "quando atinge de maneira imediata o corpo de quem sofre" e indireta "quando opera através de uma alteração do ambiente físico no qual a vítima se encontra".

Debarbieux e Blaya (2002) relatam que, embora exista uma série de tipologias de agressão e de intimidação, as principais são: *Físicas* – bater, chutar, socar, tomar objetos pessoais; *verbais* – implicar, insultar (incluindo as novas formas, como intimidação por *e-mail* e por telefone); por *exclusão social* – "você não pode brincar conosco"; *indiretas* – espalhar boatos maldosos, dizer a alguém para não brincar com um colega; confirmando, assim, os achados em Bobbio, Matteucci e Pasquino (1991), Pereira (2002), Fante (2005) e Lopes Neto (2005).

Abramovay (2003b), confirmando as ideias dos autores supracitados, relata que, muito embora, etimologicamente a palavra violência envolva a noção de força, são numerosos os estudos que consideram como violentas também as situações que não envolvem força. Para os jovens participantes do grupo em foco, entrevistado pela autora em uma escola pública em Fortaleza, magoar, agredir por meio de palavras e atitudes, ou seja, comportamentos que os jovens consideram como "falta de respeito", já seriam, para eles, formas de violência, como pode ser constatado na fala a seguir:

> Agressão não só corporal, mas verbal. Acho que qualquer coisa (...) na intenção de magoar uma outra pessoa, eu acho que é uma violência. Embora você não toque, não machuque, mas você machuca de outra forma, não é? Isso também é uma violência (Abramovay, 2003b, p. 98).

Nas diversas pesquisas realizadas em escolas, na Europa e no Brasil, com os alunos, entre os anos de 2000 a 2004, os resultados foram unânimes ao concluir que os meninos se envolvem mais que as meninas em situações de *bullying*/agressividade, sendo que os meninos têm preferência pelas formas de agressões diretas, enquanto as meninas preferem as formas indiretas, conforme os diversos autores, entre eles, Debarbieux e Blaya (2002), Pereira (2002), Cowie (2003), Costantini (2004), Fante (2005), Paredes, Saul e Bianchi (2006). Segundo Freire, Simão e Ferreira (2006),

> Enquanto a agressividade entre alunos, genericamente considerada, não é experienciada de forma muito diversa pelos dois gêneros, no *bullying* existe uma tendência para as alunas estarem mais envolvidas em situações de agressões indiretas e os alunos em situações de agressão física; quer como vítima, quer como agressores, as alunas envolvem-se especialmente em situações de *bullying* indireto e de agressão verbal (VEIGA SIMÃO, FREIRE & SOUZA FERREIRA, 2004 apud FREIRE, SIMÃO E FERREIRA, 2006, p. 161).

Os casos de agressões físicas provocados pelo sexo feminino são poucos, segundo os autores Debarbieux e Blaya (2002), Pereira (2002), Fante (2005) e Lopes Neto (2005).

No grupo das vítimas, encontram-se incluídos os meninos mais novos, as crianças tímidas e, assim como no grupo de agressores, a maioria das vítimas pertence ao sexo masculino.

Uma explicação para o maior envolvimento do sexo masculino em situações de agressividade talvez seja encontrada em Camacho (2000), citada por Paredes, Saul e Bianchi (2006), quando esta aborda "os estereótipos masculino e feminino, refletindo que o homem é educado para ser forte, dominador, corajoso, arrojado e agressivo. No entanto, culturalmente, a mulher é voltada para ser submissa, obediente, frágil e temerosa" (p. 65).

Ainda conforme Camacho (2000), citada por Paredes, Saul e Bianchi (2006, p. 112), "as agressões verbais são disparadamente mais sentidas pelas alunas. Elas têm uma grande sensibilidade para essa forma, porque delas podem surgir sentimentos de humilhação e constrangimento".

Porém, independentemente do gênero envolvido, o problema do *bullying* é gravíssimo, pois está presente em todos os níveis do ensino, Costantini (2004), pesquisador italiano, afirma que pesquisas recentes já identificaram o fenômeno desde o maternal, indo até os primeiros anos das escolas *superiori*, que no Brasil equivale ao ensino médio. Por isso é necessário que os profissionais da educação saibam diferenciar o *bullying*, inclusive diferenciá-lo da indisciplina.

### 3.4 *BULLYING* E INDISCIPLINA

A questão disciplinar, segundo Aquino (1996), atualmente, é uma das dificuldades fundamentais quanto ao trabalho escolar. A indisciplina está permeada no meio escolar principalmente através dos alunos. Para que possamos entender a indisciplina, achamos necessário primeiramente esclarecer o que é disciplina.

Segundo o psicoterapeuta clínico Içami Tiba (1996), a disciplina, num sentido mais geral, é o conjunto de regras éticas para se atingir um objetivo. A ética, no pensamento do autor, é entendida como o critério qualitativo do comportamento humano que envolve e preserva o respeito ao bem-estar biopsicossocial.

Já a disciplina escolar, que é o nosso caso, "é o conjunto de regras que devem ser obedecidas para o êxito do aprendizado escolar. Portanto, ela é uma qualidade de relacionamento humano entre o corpo docente e os alunos em uma sala de aula e, consequentemente, na escola" (TIBA, 1996, p. 99).

A disciplina conforme as ideias de Aquino (1996) é inerente à condição humana. Para isso, ele cita o filósofo Kant, para o qual a disciplina é condição necessária para arrancar o homem de sua condição natural selvagem. "(...) trata-se de educar o homem para ser homem, redimi-lo de sua condição animal. Permanecer parado e quieto num banco escolar é, para Kant, necessário, não para possibilitar o bom funcionamento da escola, mas para ensinar a criança a controlar seus impulsos e afetos" (AQUINO, 1996, p. 10).

Para Foucault (1987), a disciplina "fabrica" indivíduos; ela é a técnica específica de um poder que toma os indivíduos ao mesmo tempo como objetos e como instrumentos de seu exercício. Para o autor, "são técnicas para assegurar a ordenação das multiplicidades humanas" (p. 191), ou seja, permite que os homens se organizem, que não haja desordem ou anarquia, tanto na convivência social quanto nas leis que regem a sociedade, incluindo a escola.

A indisciplina em sala de aula é, entre outros fatores, decorrência do enfraquecimento do vínculo entre moralidade e sentimento de vergonha e do papel da família, enquanto primeira instituição formadora do caráter da criança. A estrutura escolar não pode ser pensada separadamente da estrutura familiar. Para Aquino (1996):

> (...) são elas as duas instituições responsáveis pelo que se denomina educação num sentido amplo. Só que o processo educacional depende da articulação destes dois âmbitos institucionais que não se justapõem. Antes, são duas dimensões que, na melhor das hipóteses, complementam-se, articulam-se (p. 46).

Ainda segundo o autor, a indisciplina, do ponto de vista acima, estaria revelando que se trata, supostamente, de um sintoma de relações familiares desagregadoras, incapazes de realizar a contento sua parcela no trabalho educacional das crianças e adolescentes. Um esfacelamento do papel clássico da instituição família (AQUINO, 1996).

Anteriormente, a disciplina evocava silenciamento, obediência, resignação. Hoje, diferentemente, pode significar movimento, força afirmativa, vontade de transpor os obstáculos. Diante disso, a agitação, o barulho, a movimentação, antes vistos como indisciplina, passam a ser catalisadores do ato de conhecer, de tal sorte que os obstáculos adquirem caráter formativo (AQUINO, 1996).

Sintetizando as ideias acima, já que a disciplina são regras básicas de convivência, podemos dizer, então, que a indisciplina pode ser percebida como uma fuga às regras, uma não obediência, pelo aluno, às regras preestabelecidas, no caso da escola. E ainda, que a indisciplina, hoje, pode ser um instrumento a mais para o ato de conhecer, aprender.

Portanto, a indisciplina, assim como o *bullying*, também está presente em todas as escolas, quer pública, quer privada. Porém não podem ser confundidas, visto que a primeira não causa danos psíquicos ou emocionais nos envolvidos. O que esta causa são transtornos disciplinares de fácil solução. A segunda provoca transtornos mais complicados, pois prejudica o desenvolvimento natural de seus envolvidos, tanto no emocional, como no cognitivo e no psicológico.

A indisciplina pode ser resolvida com diálogo entre profissionais da escola, alunos e família. Já o *bullying* não tem uma solução tão fácil. Ele precisa de uma intervenção mais intensa, de um trabalho mais intenso, se necessário, até com profissionais da área de saúde (pediatras, psicólogos, terapeutas). Portanto, cabe aos professores reconhecer e diferenciar os atos de indisciplina dos atos de *bullying*, para que possam fazer uma intervenção mais realista e eficaz.

## 3.5 VIOLÊNCIA, *BULLYING* E O PAPEL DA FAMÍLIA, DA ESCOLA E DA MÍDIA

A família é importante para a criança desde a tenra idade, pois a partir dela estruturam-se as bases da personalidade. É quando são incorporados os primeiros valores psicossociais que compõem os parâmetros da cultura, a partir da relação do bebê com seus pais (LEVISKY, 1997). Segundo Minayo (1999):

> A família é uma organização social complexa, um microcosmo da sociedade, onde ao mesmo tempo se vivem as relações primárias e se constroem os processos identificatórios. É também um espaço em que se definem papéis sociais de gênero, cultura de classe e se reproduzem as bases do poder. É ainda o *locus* da política, misturada no cotidiano das pessoas, nas discussões dos filhos com os

pais, nas decisões sobre o futuro, que ao mesmo tempo tem o mundo circundante como referência e o desejo e as condições de possibilidade como limitações. Por tudo isso, é o espaço do afeto e também do conflito e das contradições (p. 83).

O ideal de família seria aquela em que predominasse o amor, o carinho, a afeição e o respeito. Mas nem sempre isso acontece. Nesses casos, muitas crianças e jovens se desvirtuam e passam a reproduzir o que aprendem com seus familiares. Seja reproduzindo a violência sofrida em casa, seja reproduzindo formas de uma educação deturpada, em que se combate a violência com violência.

Fante (2005), em várias pesquisas realizadas em escolas, públicas e particulares, do interior de São Paulo, encontrou como umas das respostas para a violência o fator familiar. A violência doméstica foi relatada por mais de 70% dos alunos entrevistados como fator decisivo para a reprodução da violência nas escolas, confirmando, assim, o papel fundamental da família na formação do caráter.

A autora conclui que, para os agressores de *bullying*, existem duas causas principais para explicar suas explosões de raiva. Uma delas é a necessidade de reproduzir os maus-tratos sofridos, principalmente em casa, ou reproduzir a única maneira que lhe foi ensinada para lidar com as inseguranças pessoais. Outra causa seria a ausência de modelos educativos humanistas, capazes de orientar o comportamento da criança, ou jovem, para a convivência social.

Portanto, sendo a família uma das principais instituições de educação, cabe a ela investir nos jovens, incutindo-lhes o respeito ao próximo e a não violência. Esta deve estar atenta ao que acontece com os filhos em ambientes externos à própria casa, principalmente na escola e nos grupos de amigos. Quando detectado problema com relação à presença de violência, tanto na escola quanto fora dela, sendo a criança agressora ou vítima, os pais devem sempre buscar ser parceiros da escola e, juntos, procurar meios de reduzir as agressões.

A presença da violência nas escolas, a exemplo do *bullying*, quebra com o paradigma da escola como ambiente seguro e lugar de transmissão de conhecimento. Este *deveria* ser um ambiente saudável onde as crianças e jovens *deveriam aprender* a cidadania, mas não é isso que estamos vivenciando. A escola ideal segundo Minayo (1999):

> (...) é aquela que respeita e que estimula os alunos a pensar. Que mostra a realidade que *"muitas escolas particulares escondem"*. É aquela escola que orienta e não expõe seus alunos a perigos, à violência e às discriminações. São escolas que têm atividades extracurriculares, fazem palestras para eles e suas famílias, e possuem um conselho de turma. São escolas que não distorcem a realidade e que não têm somente interesse financeiro, *"como muitas particulares em que 'pagou, passou'"*, mas que dão boa base para o aluno passar. São escolas em que, além de o aluno aprender as matérias, se permite que ele cresça como pessoa e cidadão. São as que estimulam a união, o respeito e a disciplina entre alunos e professores e que também permitem que os estudantes *"pintem a cara"* nas passeatas de protesto. Ou seja, ela é a instituição que realiza, ao mesmo tempo, sua função de construir conhecimentos, convivências, experiências e crítica social e, assim, cumpre importante papel socializador (p. 114).

A presença da violência quebra esse nexo da escola ideal, que reflete em insegurança por parte dos alunos, e influencia negativamente em seus estudos. Abramovay e Rua (2003a) ressaltam que a presença da violência:

> (...) preocupa porque afeta diretamente agressores, vítimas e testemunhas dessa violência e, principalmente, contribui para romper com a ideia da escola como lugar de conhecimento, de formação do ser, da educação, como veículo, por excelência, do exercício e aprendizagem, da ética e da comunicação por diálogo e, portanto, antítese da violência (p. 26).

E o que é pior. Os profissionais não são capacitados para diferenciar as brincadeiras ou ataques casuais do *bullying*. Os cursos de formação de professores não os preparam para enfrentar a violência em salas de aula e nesses casos eles nem mesmo sabem como reagir. Segundo Fante (2005):

> (...) os nossos professores ainda não sabem distinguir entre condutas violentas e brincadeiras próprias da idade, bem como lhes falta preparo para identificar, diagnosticar e desenvolver estratégias pedagógicas para enfrentar os problemas do *bullying* (p. 67).

Além de professores despreparados para lidar com a violência escolar, essas mesmas violências também afetam a aprendizagem escolar, mais diretamente os alunos, como demonstram as pesquisas realizadas em várias capitais brasileiras pela Unesco e apresentadas por Abramovay e Rua (2003a). Segundo os dados apresentados, "quase metade dos alunos sustenta que as violências no ambiente escolar fazem com que não consigam se concentrar nos estudos" (p. 65).[6]

Para Royer (2003) o que existe é a falta de conhecimento e de habilidades por parte dos professores em suas interações com os jovens marginalizados, pois as formas de intervenções utilizadas pelos professores em sala de aula para lidar com a violência estão longe de ser as ideais. Segundo o autor, um simples "parabéns" como aprovação dada ao aluno pelo professor já contribui para o aumento da autoestima. Também dar atenção aos comportamentos positivos já foi constatado ser adequado e bastante eficaz.

Ainda para o autor, os professores não recebem uma formação adequada para evitar e controlar os comportamentos problemáticos ou agressivos dos jovens. Sua intervenção privilegiada, na maior parte das vezes, limita-se à punição.

[6] Voltaremos a falar sobre esses dados, a seguir, quando analisarmos as implicações da violência e do *bullying* no ambiente escolar.

Punição que segundo Foucault (1987, p. 160) deve "compreender tudo o que é capaz de fazer as crianças sentirem a falta que cometeram (...)", pois "(...) o castigo disciplinar tem a função de reduzir os desvios. Deve, portanto, ser essencialmente corretivo". Os excessos da punição podem acarretar mais revolta e mais agressividade nos alunos. É ainda Foucault quem afirma que:

> A punição, na disciplina, não passa de um elemento de um sistema duplo: gratificação-sanção. E é esse sistema que se torna operante no processo de treinamento e de correção. O professor deve evitar, tanto quanto possível, usar castigos; ao contrário, deve procurar tornar as recompensas mais frequentes que as penas, sendo os preguiçosos mais incitados pelo desejo de ser recompensados como os diligentes que pelo receio dos castigos; por isso será muito proveitoso, quando o mestre for obrigado a usar de castigo, que ele ganhe, se puder, o coração da criança, antes de aplicar-lhe o castigo (FOUCAULT, 1987, p. 161).

Portanto, já em 1975,[7] Foucault afirmava que o comportamento positivo do professor para com o aluno, ao contrário das punições, era mais proveitoso, visto que elevava a autoestima deste, corroborando as ideias de Royer, citadas anteriormente.

Para minimizar esses danos, é papel da escola buscar entender os fatos e buscar conhecer como estes se manifestam, intervindo para, pelo menos, reduzir sua incidência e proporcionar um ambiente mais salutar aos seus alunos. Não é necessário muito esforço ou custo muito alto. Existem estratégias simples, já testadas e aprovadas, que funcionam como veremos adiante. Segundo Minayo (1999) "a escola não precisa ser particular para ter qualidade, o que falta é atenção do governo para financiar projetos para as escolas públicas" (p. 114).

[7] Apesar da edição utilizada neste trabalho ter sido impressa em 1987, a versão original, em francês, foi editada em 1975.

Para Cole, Visser e Daniels (1999), citados por Royer (2003, p. 71), "a excelência na educação, no que concerne aos jovens que apresentam problemas sérios de comportamento, só é possível se houver um sistema de valores articulados e adequados, que possa dar à escola uma ética da educação". Para isso, "a formação básica ou continuada dos professores deve basear-se, entre outras coisas, na convicção de que receber serviços educativos é um direito inalienável de todos os jovens e, também na crença fundamental no fato de que é melhor educar que punir" (Royer, 2000, citado por Royer, 2003, p. 71), assim como já dizia Foucault.

A escola e os pais devem, *juntos*, procurar sempre minimizar a violência em seu interior. Devem, também, nesse caso, e principalmente a família, conhecer com quem as crianças e jovens convivem fora do lar, e devem conhecer os meios de comunicação que eles utilizam. Estes podem ser, além de uma grande fonte de aprendizagem, também uma fonte de perdição. Hoje em dia, com a propagação do consumismo e do ideal de beleza, os jovens se sentem propensos a adquirir tudo o que veem.

As ideias propagadas pela mídia, hoje, apesar de serem destinadas principalmente às classes mais privilegiadas, chegam também às classes populares, que também possuem o desejo de adquirir tal padrão de vida. E não é só isso. A mídia tem o poder de criar padrões e valores que, na maioria das vezes, não são compreendidos por grande parte da sociedade. Tais padrões são tomados como verdades absolutas, sem questionamentos por parte significativa da população. Segundo Minayo (1999):

> A mídia apresenta uma imagem ideal do jovem, com atributos de beleza, saúde e alegria. Esse padrão corresponde perfeitamente ao perfil do jovem de camadas médias. Há, no entanto, uma outra juventude, pobre, que na retórica da mídia, passa a ser representada como delinquente, drogada e criminosa. (...) Dessa forma, os meios de comunicação, que muitas vezes têm a função

de denunciar situações de desrespeito aos direitos de cidadania, também contribuem para a construção e a manutenção dos estereótipos negativos dos jovens pobres, tratando-os como "criminógenos". Entretanto, algumas mudanças têm ocorrido na construção que a mídia traz desses perfis, à medida que alguns jovens de camadas médias são noticiados como responsáveis por atos infracionais (p. 19).

Paredes, Saul e Bianchi (2006) também observam que os jovens, por receberem informações intensas e contínuas, por meio da mídia televisiva (e aqui também podemos acrescentar a internet), podem ter seu pensamento crítico inibido, levando-os a perceber a violência como algo normal, banalizando-a. Também Minayo (1999) chega à conclusão de que "a influência maior da mídia sobre violência social é no sentido da sua banalização" (p. 142).

Para Levisky (1997, p. 27), "a relação da mídia com a sociedade precisa ser reexaminada, principalmente quando sabemos de suas influências sobre a estruturação da personalidade das crianças e dos jovens", pois sabemos que programas com cenas violentas e sexo são expostos a qualquer hora, e os pais e responsáveis, por conta de inúmeros compromissos, não conseguem vigiar os programas a que os jovens são expostos diariamente.

A televisão e a internet fizeram do homem seu escravo. As pessoas dedicam várias horas por dia principalmente a esses dois meios de comunicação, deixando até mesmo de dedicar um pouco de seu tempo aos filhos. Daí a rebeldia, uma forma de chamar a atenção. Segundo Minayo (1999),

> há uma opinião corrente no senso comum segundo a qual os meios de comunicação modernos, especialmente a televisão, teriam o poder de escravizar a sociedade que os criou, tornando-a submissa às suas mensagens e à sua estética, como se houvesse um apoderamento do criador pela sua criatura (p. 131).

Para a autora, "a televisão 'aumenta', 'maquia', 'manipula' e 'distorce' a realidade" (p. 134). Por isso podemos observar a todo momento jovens que, por imaturidade, deixam-se levar pelas fantasias e acabam por assimilar tudo o que veem na TV, na tela do computador, nos jornais e revistas (quando têm acesso), como algo necessário à sua sobrevivência, por mais insignificante que possa ser. Quanto à violência veiculada na TV, "os jovens de todos os estratos consideram que a televisão e os jornais influenciam no aumento dos conflitos da sociedade, na medida em que os veiculam de forma exagerada e incentivam comportamentos violentos" (MINAYO, 1999, p. 139), como podemos perceber na fala de alunos de escolas públicas:

> "Eu acho que a televisão influencia muito, mostra novela, filme, (...) mostra que a adolescente de 14, 17 anos já está grávida, já está se prostituindo, um modo de ganhar dinheiro. Às vezes a adolescente não tem dinheiro, vê aquilo na televisão e segue aquele caminho." "Eu acho assim, às vezes na propaganda contra as drogas passa o cara cheirando, fumando e a gente acaba ficando naquela coisa assim: 'como será que é cheirar?' Acho que acaba tendo incentivo para fazer o troço: 'Que gosto tem?' Acho que incentiva" (MINAYO, 1999, p. 138).

Mas, com tudo isso, a mídia também educa, também informa, o problema está em saber selecionar o que se pode ou deve ser assistido pelas crianças e jovens, e isso cabe aos pais, ainda que estejam ausentes na maior parte do tempo. Além destes, cabe também à escola conduzir a criança e explicar que certos programas não exprimem a realidade e que são originados para gerar ibope, por isso eles mostram o que as pessoas querem ver. Oferecer às crianças condições de assistir programas de TV e usar a internet com mais criticidade talvez seja a melhor solução, neste momento.

Ensinar às crianças e jovens que as propagandas existem para vender produtos e que não, necessariamente, devemos possuir tudo o que aparece na mídia em geral. Mostrar que a *moda* é passageira, que o desejo da mídia é apenas vender os produtos e ganhar mais e mais dinheiro – afinal é assim que ela sobrevive – talvez seja o ideal.

Portanto pudemos ver o quão importante é o papel da família, da escola e da mídia (quando bem utilizada) na formação da personalidade, sendo que os dois primeiros têm o papel primordial de educar, mostrando à criança o caminho em que deve andar e ensinando a ver o mundo que a cerca com um olhar mais crítico.

A escola precisa voltar a assumir seu papel de ambiente acolhedor, pacífico e de aprendizagem. A família precisa estar mais presente na vida das crianças e jovens, propiciando um ambiente tranquilo e seguro, com exemplos de vida concretos para gerar indivíduos saudáveis em todos os sentidos. Quanto à mídia, cabe à família e à escola desmistificar o papel que ela exerce sobre as pessoas, inculcando nas crianças e jovens novos horizontes, ensinando a tirar proveito do que a mídia oferece de bom, usando senso crítico para estabelecer critérios de avaliação para os programas oferecidos.

# 4
# CONSEQUÊNCIAS E IMPLICAÇÕES DO *BULLYING* NOS ENVOLVIDOS E NO AMBIENTE ESCOLAR

Segundo a Unesco (2003), a escola ainda é vista como um dos poucos veículos concretos de mudança e de mobilidade social disponível a uma grande parcela da população. A ideia de que a escola é um lugar que deve oferecer proteção e também um lugar que tem de ser protegido pela sociedade não mais corresponde à realidade da maioria dos estabelecimentos escolares. E é isso que nós, enquanto profissionais da educação, estamos vivenciando. Também, segundo Lopes Neto (2005),

> A escola é vista, tradicionalmente, como um local de aprendizado, avaliando-se o desempenho dos alunos com base nas notas dos testes de conhecimento e no cumprimento de tarefas acadêmicas. No entanto, três documentos legais formam a base de entendimento com relação ao desenvolvimento e educação de crianças e adolescentes: a Constituição da República Federativa do Brasil, o Estatuto da Criança e do Adolescente e a Convenção sobre os Direitos da Criança da Organização das Nações Unidas. Em todos esses documentos, estão previstos os direitos ao respeito e à dignidade, sendo a educação entendida como um meio de prover o pleno desenvolvimento da pessoa e seu preparo para o exercício da cidadania (p. S165)

Apesar de os documentos legais preverem o direito ao respeito e à dignidade, a presença da violência nesses ambientes quebra com esse nexo. A escola está deixando de ser um ambiente seguro. Isso está bem claro nos trabalhos de Levisky (1997), Minayo (1999), Abramovay e Rua (2003a), Abramovay (2003b) e Paredes, Saul e Bianchi (2006), entre muitos outros.

Além da violência vinda do ambiente externo à escola, os profissionais da educação estão se vendo "às voltas" com um outro tipo bem definido de violência entre alunos, o *bullying*. Suas consequências nos envolvidos, independentemente do grau de envolvimento, podem ser extremamente danosas a curto e a longo prazo, sendo mais severas para as vítimas. Para Pereira (2002) "a consequência mais severa do *bullying* na escola é o suicídio" (p. 23).

Os agressores têm maior probabilidade de se envolver com a criminalidade, segundo Olweus (1989), citado por Pereira (2002). É ainda Pereira quem lista uma série de consequências para os agressores e também para as vítimas.

Para os agressores, as prováveis consequências podem ser: vidas destruídas; crença na força para solução dos seus problemas; dificuldade em respeitar a lei e os problemas que daí advêm, compreendendo as dificuldades na inserção social; problemas de relacionamento afetivo e social; incapacidade ou dificuldade de autocontrole e comportamentos antissociais (PEREIRA, 2002, p. 25).

Para as vítimas, a autora portuguesa cita uma relação de consequências não muito diferente da listada para o agressor. As vítimas podem vir a ter suas vidas infelizes, destruídas, vivendo sempre sob a sombra do medo, com perda de autoconfiança e confiança nos outros; falta de autoestima e autoconceito negativo e depreciativo; falta de concentração; morte (muitas vezes por suicídio ou vítima de homicídio); dificuldades de ajustamento na adolescência e vida adulta, nomeadamente problemas nas relações íntimas (p. 25).

Segundo Fante (2005), a ação maléfica do *bullying* "traumatiza o psiquismo de suas vítimas, provocando um conjunto de sinais e sintomas muito específicos, caracterizando uma nova síndrome", denominada de Síndrome de Maus-tratos Repetitivos (SMAR). É a reprodução constante desses comportamentos agressivos e intimidatórios no convívio escolar e que "implica um número cada vez maior de alunos, irradiando-se como dinâmica psicossocial doentia e repetitiva, numa espécie de ciclo vicioso" (FANTE, 2005, p. 62) que irá caracterizar a SMAR. Segundo a autora:

> Essa síndrome é oriunda do modelo educativo predominante, introjetado pela criança na primeira infância. Sendo repetidamente exposta a estímulos agressivos, aversivos ao seu psiquismo, a criança os introjeta inconscientemente ao seu repertório comportamental, transformando-se posteriormente numa dinâmica psíquica mandante de suas ações e reações. Dessa forma, estará predisposta a reproduzir a agressividade sofrida ou a reprimi-la, comprometendo, assim, o seu processo de socialização (p. 62)

Além da SMAR, as consequências atingem outras áreas do indivíduo envolvido sejam elas psicológicas ou cognitivas, pois de acordo com a *American Academy of Child and Adolescent Psychiatry*, "as vítimas do *bullying* experimentam um sofrimento real que pode interferir no seu rendimento escolar, bem como no seu desenvolvimento social e emocional" (FANTE, 2005, p. 79).

Seguindo a linha de raciocínio da autora, as superações dos traumas advindos do *bullying* podem ocorrer ou não, depende da relação que a vítima possui consigo mesma e com o meio social que a cerca, principalmente com a família. A não superação pode acarretar:

> Processos prejudiciais ao seu desenvolvimento psíquico, uma vez que a experiência traumatizante orientará inconscientemente o seu comportamento, mais para evitar novos traumas do que para buscar sua autossuperação. Isso afetará o seu comportamento e a construção dos seus

pensamentos e de sua inteligência, gerando sentimentos negativos e pensamentos de vingança, baixa autoestima, dificuldades de aprendizagem, queda do rendimento escolar, podendo desenvolver transtornos mentais e psicopatologias graves, além de sintomatologias e doenças de fundo psicossomático, transformando-a em um adulto com dificuldades de relacionamento e com outros graves problemas. Poderá também desenvolver comportamentos agressivos ou depressivos e, ainda, sofrer ou praticar *bullying* no seu local de trabalho, em fases posteriores da vida (FANTE, 2005, p. 79).

Lopes Neto (2005), como médico pediatra, vai um pouco mais longe. O autor lista uma série de sinais e sintomas possíveis de serem observados em alunos alvos de *bullying*, a maioria desses sinais também são encontrados em Fante (2005). São eles: enurese noturna, alterações do sono, cefaleia, dor epigástrica, desmaios, vômitos, dores em extremidades, paralisias, hiperventilação, queixas visuais, síndrome do intestino irritável, anorexia, bulimia, isolamento, tentativas de suicídio, irritabilidade, agressividade, ansiedade, perda de memória, histeria, depressão, pânico, relatos de medo, resistência em ir à escola, demonstrações de tristeza, insegurança por estar na escola, mau rendimento escolar, atos deliberados de autoagressão.

Outras consequências para as vítimas é o abandono da escola, por medo ou receio dos próximos ataques e nos casos mais graves podem chegar ao suicídio (COSTANTINI, 2004). Nas pesquisas de Paredes, Saul e Bianchi (2006) ficou constatado que "pouco mais da metade dos jovens respondeu que não consegue se concentrar nos estudos, consequência da violência na escola" (p. 25). Também Abramovay (2004) relata que o efeito das diferentes práticas da violência no ambiente escolar é observado no desempenho escolar dos alunos, no aumento do abandono escolar e na repetência, gerando assim o fracasso e a evasão escolar.

Se a violência que acontece no mundo externo à escola já a atinge de modo tão significativo, o que diremos da violência que ocorre no seu próprio meio? Segundo Lopes Neto (2005):

> Infelizmente, o modelo do mundo exterior é reproduzido nas escolas, fazendo com que essas instituições deixem de ser ambientes seguros, modulados pela disciplina, amizade e cooperação, e se transformem em espaços onde há violência, sofrimento e medo (p. S165).

A violência, conforme a Unesco (2003), afeta de modo significativo o ambiente escolar, pois a deterioração das relações prejudica a qualidade das aulas e o desempenho acadêmico dos alunos. Ainda conforme pesquisa apresentada pela Unesco, é alto o percentual de alunos que percebem o efeito negativo da violência escolar no seu desempenho acadêmico. O resultado dessa pesquisa também está em Abramovay e Rua (2003a). Para essa pesquisa foram distribuídos 33.655 questionários a alunos de 239 escolas públicas e 101 escolas privadas, localizadas nas principais capitais brasileiras. Na tabela 1, podemos verificar o alto índice de insatisfação dos alunos ante a violência sofrida e/ou presenciada no ambiente escolar. Os números são alarmantes e pedem uma solução urgente.

Segundo esses dados, boa parte dos alunos, 28% no Rio de Janeiro e Belém e 39% em Cuiabá, afirma ficar nervosa, revoltada com as situações de violência que enfrentam em suas escolas. De 38% em Florianópolis a 52% em Manaus, sendo esse o índice mais alarmante, afirma que não consegue se concentrar nos estudos por conta da violência escolar. Também de 27% em Recife e Rio de Janeiro a 34% em Goiânia, Cuiabá, Manaus e Fortaleza, diz perder a vontade de ir à escola por conta da violência sofrida e/ou presenciada.

Ainda segundo os dados apresentados na Tabela 1, a percepção da violência na escola compromete a qualidade do ensino. O ambiente fica pesado segundo os índices encontrados que variam de 33% em Belém e Maceió a 48% em Florianópolis e, assim, a qualidade das aulas também piora conforme dados apresentados.

TABELA 1. Alunos, por capitais das Unidades da Federação, segundo a percepção dos efeitos da violência sobre o desempenho escolar e impacto da violência na qualidade de ensino, 2000 (%):

| Capitais | Consequências da violência na escola sobre o desempenho escolar | | | | |
|---|---|---|---|---|---|
| | Não consegue se concentrar nos estudos | Fica nervoso, revoltado | Perde a vontade de ir à escola | O ambiente da escola fica pesado | A qualidade das aulas piora |
| Distrito Federal | 46 | 32 | 31 | 44 | 34 |
| Goiânia | 46 | 34 | 34 | 38 | 30 |
| Cuiabá | 51 | 39 | 34 | 42 | 30 |
| Manaus | 52 | 33 | 34 | 34 | 31 |
| Belém | 46 | 28 | 28 | 33 | 28 |
| Fortaleza | 49 | 32 | 34 | 36 | 30 |
| Recife | 41 | 29 | 27 | 35 | 27 |
| Maceió | 46 | 33 | 29 | 33 | 25 |
| Salvador | 46 | 30 | 31 | 39 | 31 |
| Vitória | 44 | 34 | 31 | 43 | 30 |
| Rio de Janeiro | 42 | 28 | 27 | 37 | 28 |
| São Paulo | 42 | 32 | 33 | 42 | 35 |
| Florianópolis | 38 | 32 | 29 | 48 | 29 |
| Porto Alegre | 42 | 33 | 32 | 44 | 30 |

Fonte: Pesquisa Nacional Violência, Aids e Drogas nas Escolas, UNESCO, 2001. In: Abramovay e Rua (2003a, p. 66-67).

Portanto, os dados apresentados acima deixam bem claro as sérias implicações da violência em todas as suas *nuances* no ambiente escolar. Das incivilidades ou *bullying* aos atos mais cruéis (vandalismo, assassinatos, depredações), não restam dúvidas quanto às suas nefastas implicações no ambiente escolar.

# 5
# INTERVENÇÃO PARA REDUÇÃO DO *BULLYING* NAS ESCOLAS

Sendo o *bullying* um problema tão complexo e que deixa tantas sequelas nos envolvidos, cabe aos responsáveis pela educação das crianças e jovens estarem atentos às suas manifestações e contribuírem para a sua redução.

Para começar, é necessário que toda a comunidade escolar tome consciência de sua existência e busque métodos para saná-lo. Pereira (2002) descreve como comunidade educativa "o diretor e a administração da escola, com ligações à família, professores, supervisores e funcionários" (p. 92). Estes devem buscar atuar junto às crianças individualmente ou em grupos, em situações diversas, ou seja, dentro e fora do ambiente escolar, nas áreas envolventes, nas assembleias de escolas ou de turma, na sala de aula, nos recreios, nos corredores. Portanto a intervenção pode e deve acontecer em todos os locais frequentados por alunos, principalmente naqueles onde exista pouca vigilância.

O papel da escola vem mudando drasticamente nos últimos anos, ultrapassando a sua função acadêmica e passando a agregar outras funções, como a socialização, formação do caráter, comportamento e cidadania. Mas para que isso aconteça é importante que todos os seus profissionais estejam preparados para lidar com a multiplicidade de questões que envolvem as crianças e jovens, buscando criar estratégia de prevenção, como diz Liberal et al. (2005): "criar 'vacinas' para minimizar os riscos de acidentes/violências". Segundo os autores "a base da fórmula para essa 'vacina' está na discussão e construção do conhecimento, por meio das chamadas 'escolas seguras'. (...) a segurança no espaço é indissociável da educação e da promoção da saúde" (LIBERAL et al., 2005, p. S157).

Conforme Costantini (2004), "não há respostas infalíveis e cem por cento eficazes; ninguém tem uma varinha de condão, mas, sim, propostas de intervenção, cujos efeitos já foram experimentados em várias ocasiões, que podem ser usadas ou não para enfrentar uma relação mais difícil" (p. 21-22). Apesar de serem exemplos de propostas que deram certo, isso não quer dizer que possam ser aplicadas indistintamente, pois cada escola possui suas peculiaridades. Essas são propostas a serem investigadas e adaptadas à realidade de cada escola, em particular.

A manifestação de *bullying* é um problema complexo (PEREIRA, 2002) "e envolve um número de sistemas que podem inadvertidamente modelar, reforçar e manter interações agressivas". Daí o cuidado que se deve ter no momento de intervenção para que, em vez de fazer com que o problema desapareça, ou pelo menos tenha uma redução, ao contrário, não se torne mais visível e com isso exponha ainda mais as vítimas a agressões por outras pessoas. Por isso:

> A intervenção deve visar o trabalho individual com os agressores, as vítimas, os pares e os contextos escolares. Também os pais devem ser incluídos no sentido de desenvolverem atitudes e comportamentos positivos para reduzir o *bullying*. O processo de mudança é lento (PEREIRA, 2002, p. 81).

Lopes Neto (2005) também diz que o fenômeno é complexo e de difícil solução, que precisa ser combatido continuamente, e, ainda, que "as ações são relativamente simples e de baixo custo", podendo até ser incluídas no cotidiano escolar através de "temas transversais em todos os momentos da vida escolar"

(p. S169). Portanto, não precisa ser nenhum projeto grandioso ou mirabolante.

Para o autor, a intervenção é necessária, mas os programas não podem ser padronizados, pois "as estratégias a serem desenvolvidas devem considerar sempre as características sociais, econômicas e culturais de sua população" (p. S169). Pereira (2002), no que se refere a programas de intervenção, também relata que estes devem ser individualizados, ou seja, específicos para cada escola.

O texto publicado pela Johnson & Johnson, intitulado "*Bullying*: perversidade sem limites", ao retratar os estudos realizados por Aramis Lopes Neto, informa que "uma das dificuldades para combater o problema é que muitas pessoas, inclusive pais, ainda veem o *bullying* como algo inofensivo, normal e inevitável na relação entre crianças e adolescentes (...) muitos creem que seja 'útil para o amadurecimento e formação da personalidade'".

Para Ortega (2003), a intervenção preventiva e paliativa também deve ser encarada em toda a sua amplitude. Segundo a autora, no informe do Conselho da Europa encontrado em Vettenburg (1999), citado por Ortega (2003), há uma afirmação que diz ser necessário pensar, pelo menos, em três grandes linhas de atuação para a prevenção da violência escolar:

- A *prevenção primária*, que teria a finalidade de otimização das condições sociais em geral que cercam o sujeito, e aconteceria na comunidade, local de pertencimento do aluno;
- A *prevenção secundária*, que se referiria diretamente à ação da escola, ou se desencadearia a partir dela, prestando assistência aos estudantes em situações de risco e;
- A *prevenção terciária*, que se referiria ao trabalho direto com estudantes que já estão envolvidos em fenômenos de violência, conduta antissocial, criminalidade juvenil, vitimização etc. A prevenção terciária implica a ação extensa de caráter paliativo.

Portanto, as duas primeiras teriam caráter preventivo, retirando ou minimizando o risco de o jovem vir a se envolver com a violência. No último caso, trata-se de conseguir que a vítima deixe de sofrer e troque sua situação de vulnerabilidade por formas mais seguras e justas de relações, modificando sua condição de vítima.

Segundo nossos estudos, existem inúmeros programas de intervenção, cada um com suas especificidades, mas o programa *antibullying*, criado por Dan Olweus, mesmo relacionado à realidade norueguesa, é o referencial para muitos pesquisadores sobre o tema *bullying* (CARVALHOSA, LIMA e MATOS, 2001; PEREIRA, 2002; COSTANTINI, 2004; FANTE, 2005; LOPES NETO, 2005; FREIRE, SIMÃO e FERREIRA, 2006). Isso se deve, provavelmente, ao fato de que:

> O Programa de Prevenção do *Bullying* criado por Dan Olweus é considerado como o mais bem documentado e mais efetivo na redução do *bullying*, na diminuição significativa de comportamentos antissociais e em melhorias importantes no clima social entre crianças e adolescentes, com a adoção de relacionamentos sociais positivos e maior participação nas atividades escolares (LOPES NETO, 2005, p. S167).

A questão é simples. É preciso combater esse tipo de violência e proteger as crianças e jovens, propiciando um ambiente saudável para crescerem e se desenvolverem. Para isso não existe uma receita única, mas várias que deram certo. O problema reside no fato de que cada escola é "um mundo" de diversidades.

Por isso, o primeiro passo é investigar a existência, a frequência, quem são os envolvidos e os locais onde o fenômeno acontece. Depois de conhecer a situação da escola, buscar a melhor maneira de intervenção.

Pereira (2002) traz inúmeras formas de intervenção já testadas e aprovadas em escolas europeias. O seu estudo centrou-se num programa de intervenção nas escolas que visava à prevenção e redução das práticas agressivas, predominantemente centrado nos tempos livres dos alunos na escola e nos recreios.

Baseada nas formas de intervenções já existentes e no fato de que cada escola possui sua especificidade, a autora traz um leque de intervenções opcionais, em face da qual a escola poderia fazer a sua escolha. São intervenções de baixo custo que podem ser adaptadas para qualquer estabelecimento escolar. São elas:

- *Estratégias de currículo*: utilização de vídeos para serem discutidos na sala de aula, dramatizações, análise de histórias da própria literatura infanto-juvenil (a depender da série), discussão do tema transversalmente nas demais disciplinas, entre outras mudanças em nível curricular.
- Envolvimento dos alunos pelos *Círculos de Qualidade*, em que os próprios alunos fazem a detecção do problema e apontam soluções. Essa medida talvez seja a mais adequada, pois as ocorrências de *bullying* dificilmente acontecem na presença de adultos, portanto fica mais fácil para os próprios alunos detectarem o problema. Também quando estes se comprometem a apontar soluções, quando criam as próprias regras, através de convenção, eles também cobram dos colegas o cumprimento das regras adotadas pelo grupo. Envolvendo os alunos no problema do *bullying*, acaba se estabelecendo uma responsabilidade coletiva no combate efetivo do problema.
- *Treino assertivo*: para as vítimas, visa a dotar esses indivíduos de competências para serem firmes nas suas decisões individuais ou em grupo, aumentando sua confiança e autoestima. Cada criança é preparada para responder com firmeza às ameaças dos colegas, mas não com violência ou deixando-se ser agredida. Este treino também pode ser oferecido às crianças agressoras, pois muitas vezes o problema está contido nelas mesmas, por não saberem que se pode ser assertivo, sem ser agressivo.

- *Método preocupação partilhada* (Método Pikas): visa a lidar com os agressores individualmente. Essa intervenção consiste em pedir à criança que aponte sugestões sobre o que pode fazer para evitar que a criança vítima continue a ser alvo de agressões, sendo feito o acompanhamento em novo encontro. Este método é baseado na qualidade da interação entre o observador e um aluno suspeito de estar agredindo os colegas. Este método tem por objetivo estabelecer uma área de preocupação partilhada em que o professor oferece, ao desencadear a culpabilização do aluno, a possibilidade de mudanças para uma perspectiva construtiva de soluções para o problema. As sugestões oferecidas pelo aluno agressor são consideradas de forma séria e discutidas de maneira a averiguar qual é a possibilidade prática de serem concretizadas.
- *Melhoramento dos recreios*: visa a tornar os recreios mais atrativos, em que a criança possa encontrar atividades recreativas interessantes, fazendo com que desperte a vontade de brincar, de conviver em grupo, a exemplo de uma ludoteca, espaço reservado para brincadeiras e diversões, de preferência sob a supervisão de um adulto.
- *Implementar a qualidade de supervisão*: não numa perspectiva de policiamento, mas de apoio aos alunos, alguém em quem se possa confiar e que desestimule as crianças agressoras de práticas abusivas contra os colegas, contribuindo assim para um recreio mais tranquilo.

Para Lopes Neto:

Deve-se encorajar os alunos a participarem ativamente da supervisão e intervenção dos atos de *bullying*, pois o enfrentamento da situação pelas testemunhas demonstra aos autores que eles não terão o apoio do grupo. Treinamento através de técnicas de dramatização podem ser úteis para que adquiram habilidade para lidar de diferentes formas. Uma outra estratégia é a formação de grupos de apoio, que protegem os alvos e auxiliam na solução das situações de *bullying* (p. S169).

Essas são algumas medidas simples, de custo zero e que, *a priori*, podem contribuir para a redução das agressões, oferecendo maior segurança às vítimas e tornando-as mais confiantes, além de proporcionar um ambiente mais salutar para todos, pois segundo Abramovay (2003b) "(...) a violência é construída e, logo, pode ser também desconstruída, com estratégias que protejam as escolas de violências, tanto as que vêm de fora para dentro, como as interiores, aquelas que fazem parte do contexto escolar (p. 85)".

Essas estratégias podem ser implementadas em qualquer escola, tanto como forma de prevenção ou mesmo de intervenção, quando o problema já está instalado. Além destes, pode haver outra alternativa, esta porém demanda custo, mas pode contribuir e muito no combate às agressões entre colegas. A ideia seguinte pode ser utilizada, por exemplo, durante uma reforma da escola ou durante a construção de novos espaços.

- *Redesenhar os espaços da escola*: repensar os espaços escolares de forma que desestimule os agressores a perpetrar agressões contra seus colegas e facilite a supervisão.

Costantini (2004) também traz alguns instrumentos para se intervir e prevenir as consequências mais dramáticas nos casos complexos de agressões. São eles: estimular o diálogo, propiciar a escuta e a empatia, construir relações e contextos afetivamente significativos, desenvolver a reflexão crítica, estimular a participação, responsabilizar-se por si mesmo e pelos outros, criar regras e limites desde os primeiros anos de vida.

Esses instrumentos podem ser aplicados na vida cotidiana das crianças, não somente na escola, mas também na convivência familiar ou em qualquer momento da vida em que seja necessária uma intervenção para solucionar problemas ou como forma de prevenção.

Em todo caso, é unânime entre os autores a necessidade de prevenção e/ou intervenção. É premente a necessidade da escola, junto aos familiares, buscar alternativas para trabalhar com esses alunos. Exemplos que deram certo não faltam. O que se precisa é conhecer as necessidades da escola, e depois buscar adaptar o melhor método de intervenção.

Pereira (2002), Costantini (2004), Fante (2005), Lopes Neto (2005), entre outros, deixaram claro que é necessário vigiar os espaços comuns do ambiente escolar, para inibir as ações de *bullying*. É preciso treinar os atores escolares para que saibam como agir diante das atitudes agressivas de alunos contra outros. Também é preciso estabelecer diálogo entre escola e família, para juntos buscarem soluções cabíveis.

Nunca resolver violência com violência, pois se corre o risco de agravar o quadro existente. Trabalhar a empatia entre os iguais, a alteridade, talvez seja o passo mais importante nessa caminhada. Segundo Nascimento (2007), os indivíduos devem compreender que "a liberdade termina quando começa a do outro" (p. 17); neste caso, o mediador, que pode ser o professor ou um especialista, deve sensibilizar os envolvidos para se perceberem no lugar do outro.

Levisky (1997) observa que é utópico pensar em eliminar a violência. Segundo o autor, "o próprio estabelecimento da cultura expressa um tipo de violência, de repressão a um certo conjunto de pulsões" (LEVISKY, 1997, p. 21). Mas nem por isso vamos deixar que a violência tome conta do espaço escolar.

A seguir, apresentaremos alguns programas voltados ao combate à violência em geral no ambiente escolar, incluindo o *bullying*.

O primeiro programa é o *Abrindo espaços: educação e cultura para a paz*, formulado pela Unesco em 2000, como resultado de várias pesquisas sobre violências que envolvem os jovens no Brasil, quer como vítimas, quer como agentes diretos, no âmbito de uma política global para o desenvolvimento da Cultura da Paz e para a consolidação dos valores democráticos, de modo a combater as desigualdades entre as nações.

O programa foi concebido como uma maneira de lutar contra os altos índices de violência e a persistência de diferentes formas de discriminação. O Programa *Abrindo espaços* representa uma alternativa para que os jovens possam usar seu tempo livre e ter contato com oportunidades de lazer e conhecimento.

Em alguns estados, esse programa também é conhecido como *Escola Aberta*. Esse programa visa a abrir o espaço escolar aos fins de semana, aproveitando os talentos e a produção cultural da própria comunidade em áreas de maior vulnerabilidade social, oferecendo cursos e oficinas para a comunidade local, favorecendo capacitação e melhoria de vida aos seus moradores.

A importância do programa não reside apenas no espaço escolar. Sua eficácia deve-se, em parte, ao fato de ele se basear em atividades de natureza cultural, artística e esportiva, incluindo outras áreas de interesses dos jovens, como a informática.

No *Abrindo espaços*, segundo a Unesco, a escola é reconhecida como um *locus* potencialmente favorável ao investimento num processo de mudança das atitudes e comportamentos dos jovens que se encontram, ativa ou passivamente, expostos à violência.

O programa opera com oficinas e diversas outras atividades, escolhidas após consulta aos jovens do local. O mais frequente é que as oficinas sejam geridas por monitores contratados ou por voluntários, dando-se preferência a jovens e a membros da comunidade local. Para isso, o programa conta com os recursos humanos, técnicos e físicos da escola e das comunidades locais, o que propicia um projeto educacional consistente, com foco colocado sobre os jovens, a escola e a comunidade, permitindo que ele contribua para o fortalecimento da cidadania e da participação dos jovens.

O aspecto mais importante desse programa é o fato de este propiciar aos jovens oportunidades para fazerem ajustes em suas vidas cotidianas, que incluem orientação para a prática de tolerância e de respeito mútuo.

Já o SAVE foi iniciado em 1995, pela Universidade de Sevilha, na Espanha, e coordenado pela catedrática Rosário Ortega Ruiz. Segundo Abramovay e Rua (2003a, p. 74) "o modelo parte do ponto de vista psicoeducativo e da escola como um lugar de vida em comum entre os jovens, onde todos os membros da comunidade – famílias, professores e alunos – devem estar representados".

Segundo Ortega (2003), o SAVE foi formulado com a finalidade de reduzir ou atenuar os problemas da violência interpessoal nas escolas, focalizando os maus-tratos, o assédio, a prepotência e a exclusão que às vezes os estudantes praticam uns contra os outros.

Atualmente, o SAVE atua em 28 estados norte-americanos e no Canadá, promovendo grupos de discussão nos quais voluntários orientam os estudantes a discutir e desenvolver alternativas para a resolução de conflitos e a aplicar o que aprendem em projetos de combate à violência no ambiente escolar e comunitário (ABRAMOVAY & RUA, 2003a).

Segundo Ortega (2003), o projeto partiu de uma concepção psicoeducativa genérica, de caráter ecológico, que visava a analisar a realidade concreta de cada escola em si, tentando não introduzir na análise elementos estranhos àquela cultura escolar, e respeitando a dinâmica organizacional de cada uma delas, baseando-se no modelo de pesquisa-ação.

Para a concretização do projeto, três grandes linhas programáticas foram elaboradas com a ajuda dos professores que enfrentavam a tarefa de evitar a violência por meio do aperfeiçoamento da convivência.

1. o programa de *educação de sentimentos e emoções*: tinha a intenção de incorporar a atenção à vida afetiva e emocional dos alunos, como um caminho apropriado para a educação em valores;
2. o programa de *gestão democrática da convivência*: concebido como a necessidade de dar atenção à maneira como se formulam e se cumprem as convenções, as normas e as regras que regulam a vida cotidiana na sala de aula e na escola como um todo;
3. o programa de *trabalho de cooperação em grupo*: ensinar e aprender levando em consideração que a unidade de ação educativa é o grupo de alunos e alunas.

O SAVE implicava um movimento de sensibilização, conscientização, formação e atuação de professores. O resultado obtido ao final da efetivação do projeto foi satisfatório para todos os envolvidos. Portanto, foi um projeto que deu certo.

Outra metodologia de intervenção é o *Circle Time*. Este é um instrumento utilizado para promover a participação dos jovens e conduzir um grupo por um ponto de vista socioafetivo, isto é, das relações que se instauram entre os vários componentes. Esse modelo é descrito por Pereira (2002), Cowie (2003) e por Costantini (2004).

Seu objetivo principal é fazer com que os jovens vivenciem de forma direta essa experiência socioafetiva, o prazer de estarem juntos e de comunicarem quem são, descobrindo em si mesmos aspectos novos e quase nunca vividos. Essa técnica ajuda a desenvolver habilidades pró-sociais – colaboração, solidariedade, participação – e satisfaz necessidades importantes para a criança ou para o adolescente, cujos sentimentos de aceitação, de segurança, de filiação, de confiança em si e nos outros podem ser considerados elementos de proteção preventiva em relação a comportamentos de tipo antissociais ou marginais.

Trata-se de reservar um horário semanalmente, no qual professores e alunos sentam-se em círculo e participam de atividades, jogos e debates, em que os jovens têm a oportunidade de discutir questões de interesse pessoal, de explorar os relacionamentos com os adultos e com os colegas, de desenvolver um senso de pertencimento a uma comunidade e de aprender sobre a experiência da reflexão e do silêncio.

Nesse círculo, os alunos mais falantes são incentivados a esperar a sua vez e a prestar atenção ao debate, em vez de reagir de forma impulsiva, além de oferecer aos alunos mais calados um ambiente seguro e produtivo no qual se expressar.

Dentre os resultados alcançados, Cowie (2003) traz alguns deles: uma melhor comunicação entre os integrantes da turma, afirmação dos pontos fortes de cada um dos membros do grupo e criação de um ambiente seguro onde é possível examinar as questões pessoais difíceis enfrentadas por membros daquele grupo.

Portanto, vimos que existem formas de intervenção que funcionam desde os níveis mais simples, como as intervenções em níveis curriculares, até os níveis mais complexos, redesenhando os espaços escolares de modo a facilitar a supervisão. Cabe à instituição escolar conhecer seus problemas relacionados à violência entre alunos e adaptar a forma de intervenção que achar mais conveniente.

Porém uma coisa é certa: a prevenção ainda é a melhor coisa a ser feita. Cabe apenas aos profissionais da educação tomarem consciência dos danos causados pela presença da violência no espaço escolar e buscarem desenvolver, nos alunos e em si mesmos, uma conscientização de que a paz e a ordem trarão benefícios a todos.

# 6
# CONCLUSÃO

Diante do exposto, podemos concluir que a presença do *bullying* é, sem sombra de dúvida, extremamente prejudicial, pois diferentemente das demais ocorrências de violência, essa traz consigo inúmeras consequências danosas à saúde física, mental e social dos envolvidos, sejam como vítimas, como agressores ou como testemunhas.

Pelo fato de o *bullying* possuir como característica principal o caráter intencional e repetitivo de agressões contra uma mesma vítima, e pelo fato de essa vítima sofrer, repetidamente, as mesmas agressões, esta pode sofrer danos irreparáveis ao seu psiquismo a ponto de querer revidar em forma de massacres cruéis, como aconteceram em Columbine (EUA), Remanso (BA) e Taiúva (SP).

Esses são alguns dos exemplos que tiveram finais trágicos, mas isso não quer dizer que todos os casos de *bullying* terminarão assim. O que ocorre é que as vítimas possuem mais dificuldades em superar os traumas sofridos e dificilmente isso acontecerá sem a ajuda de uma pessoa próxima ou de um profissional, como um psicólogo, por exemplo.

Esperamos que este trabalho tenha contribuído como um apoio no entendimento da problemática do *bullying*, na importância de a escola e a família, juntas, buscarem soluções plausíveis contra o problema, assim como um entendimento sobre a necessidade dos profissionais da educação de adquirir conhecimento acerca do fenômeno para poderem fazer a distinção entre agressões casuais ou atos de indisciplina do *bullying* para que possam interferir e quebrar esse círculo vicioso.

Para isso, buscamos entender alguns conceitos de violência, assim como alguns de seus possíveis condicionantes, como fator explicativo para essa exacerbação da violência que estamos vivenciando. Vimos que, dentre todos os fatores, dois foram mais citados pela maioria dos autores analisados. Foram o fator família, no caso a sua crescente desestruturação, e o alto índice de exclusão social, como segundo fator decisivo.

Dando prosseguimento ao texto, vimos o que é o *bullying*, como este se manifesta e os principais tipos de agressões. Vimos que as formas de agressão física são características encontradas para o sexo masculino, enquanto as formas de agressões verbais são características encontradas para o sexo oposto. As explicações para isso encontram-se no fato de fazermos parte de uma sociedade machista.

Vimos também como surgiu o primeiro estudo sistematizado sobre o fenômeno, principalmente na Noruega, incluindo seus primeiros estudos no Brasil. Neste ponto, concluímos que, nacionalmente, os estudos sobre o *bullying* ainda carecem de aprofundamento, visto que a maioria dos pesquisadores estuda a violência escolar na sua totalidade, faltando mais aprofundamento sobre as especificidades do *bullying* nas escolas brasileiras.

Buscamos entender, neste trabalho, por que o fenômeno *bullying* é um problema tão específico e vimos que a explicação reside no fato de ele ser uma manifestação desigual de poder, em que o alvo não possui condições de lidar com o problema. Também buscamos caracterizar cada tipo de envolvimento para oferecer uma explicação aceitável do motivo que leva alguns alunos a se tornarem agressores, e outros vítimas.

Mostramos as principais consequências causadas pela presença da violência, incluindo o *bullying*, no ambiente escolar e na vida pessoal dos alunos, assim como no que diz respeito aos efeitos dela no desempenho escolar e na qualidade do ensino.

Ao final, apresentamos alguns modelos de prevenção/intervenção com vistas à redução da violência nas escolas. Estes modelos já foram aplicados em escolas brasileiras e europeias e podem trazer importantes contribuições na luta contra a violência escolar. Salientamos, porém, que cada escola possui particularidades que deverão ser levadas em conta no momento de implementação de propostas já utilizadas por outras instituições escolares, ainda que tenham sido eficazes.

O *bullying* é um problema antigo que vem ganhando força no espaço escolar, por isso carece, ainda, de estudos aprofundados sobre sua dinâmica, principalmente no Brasil. Por fim, para combater este mal é necessário que haja conscientização, investimento, compromisso e responsabilidade, tanto por parte da escola, como da família.

Enfatizamos, ainda, a importância da formação dos professores para que estes saibam lidar com a violência escolar. É preciso que as instituições formadoras de professores e coordenadores tenham em mente a importância da formação prática dos novos profissionais, para que estes, ao saírem das universidades, tenham instrumentos para conhecer e lidar com a violência que vem se disseminando na escola.

# APÊNDICE: SÍNTESE DO QUADRO TEÓRICO DE REFERÊNCIAS

O tema *bullying* tem sido alvo de diversos debates no espaço acadêmico, no Brasil e no mundo, visto a crescente onda de acontecimentos a ele relacionados. Mas ainda existem poucos estudos acerca deste assunto, apesar de ser um fenômeno que demanda soluções urgentes, pois as consequências oriundas desse comportamento deixam muitas sequelas, principalmente nos vitimados.

No Brasil, poucos pesquisadores trabalham com o tema *bullying*. A grande maioria trata da violência nas escolas, sem, contudo, classificá-la como tal, não distinguindo as agressões ocasionais das agressões intencionais. São exemplos os trabalhos de Aquino (1996); Sposito (1998, 2001); Abramovay e Rua (2003a); Abramovay (2003b); Anser, Joly e Vendramini (2003); Kodato (2004); Paredes, Saul e Bianchi (2006).

Até mesmo em pesquisas como as realizadas por Debarbieux & Blaya (2002) encontramos apenas uma menção ao termo *bullying*. Os autores tratam da violência entre pares como intimidação, microviolência ou mesmo incivilidades entre alunos. Também discutem maneiras de evitá-las e a formação de professores para atuar de forma eficaz no problema em questão.

O termo *bullying*, na literatura nacional, só foi encontrado nos trabalhos de Fante (2005), Lopes Neto (2005), Seixas (2005), Marriel et al. (2006); sendo, em sua maioria, artigos científicos.

Por isso, trabalhos como o da autora portuguesa, Beatriz Pereira (2002), foram de extrema importância, visto que os resultados encontrados pela autora não diferem muito dos resultados encontrados aqui, no Brasil. Também contribuíram para a concretização deste trabalho as pesquisas do italiano Alessandro Costantini (2004) e artigos de pesquisadoras portuguesas, entre elas, Carvalhosa, Lima e Matos (2001) e Freire, Simão e Ferreira (2006).

Porém essa insuficiência na literatura nacional sobre o tema *bullying* não chegou a ser problema, visto que as agressões, ainda que retratadas com nomenclaturas diferentes (incivilidade, indisciplina, agressões físicas, agressões verbais, entre outras), causam os mesmos traumas e danos e carecem de intervenção, assim como o *bullying*.

Fante (2005), investigando a violência sutil e velada entre alunos, informa o histórico do *bullying*, identifica os envolvidos e quais as consequências, a curto e a longo prazo, trazendo inúmeras exemplificações do fenômeno no Brasil e em várias partes do mundo, além de subsídios teóricos para o melhor entendimento do fenômeno, assim como estratégias para redução das ocorrências de *bullying* através da conscientização de toda a comunidade escolar.

Costantini (2004) busca um entendimento do que levou os jovens a se tornarem violentos. Para isso, o autor busca evidenciar, situando no tempo e espaço, as transformações sociais sofridas na família e na sociedade no que diz respeito à criação dos filhos. Analisa o papel da televisão, da telefonia móvel, do computador e da internet, que mudaram e continuam mudando o comportamento dos jovens.

O autor também analisa algumas tendências psicopedagógicas que vem debatendo, há muito tempo, sobre a educação de filhos, desde os pensamentos ultrapermissivos de Benjamim Spock, nos anos 70, cujo ideal de educação põe em primeiro plano as necessidades da criança e do jovem em contraposição "ao autoritarismo que em outros tempos regulava as relações educacionais", até os modelos de permissividade atuais, analisando as suas consequências.

Após a análise sobre o que leva os jovens a serem tão propensos à violência, Costantini retrata o papel do *bullying* nas escolas. Para isso, o autor traz os pressupostos teóricos do fenômeno e alguns resultados de pesquisas realizadas na Itália, assim como alguns modelos de intervenção que deram certo nas escolas italianas.

Pereira (2002), em sua pesquisa, faz uma investigação minuciosa sobres os estudos do *bullying* na Europa, América, Austrália e Japão. Apresenta um quadro bem detalhado do fenômeno e muito bem definido. Tem um referencial teórico relevante, incluindo os pioneiros no estudo (Dan Olweus na Noruega e Peter Smith no Reino Unido); apresenta desde os grandes levantamentos a estudos mais focais realizados em escolas europeias. A autora faz um levantamento de vários estudos realizados desde a década de 70 até a data da realização de sua pesquisa, em vários países, mostrando, inclusive, os resultados encontrados.

Mostra que os vários pesquisadores, apesar de centrarem seus estudos sobre o mesmo tema, focaram perspectivas diferentes: alguns em diagnósticos da realidade, outros centrados nas diferenças de gênero, outros ainda nas diferenças étnicas e outros na busca de intervenções, no sentido de reduzir as práticas agressivas. Sua investigação tem como objetivo centrar-se nas teorias explicativas do fenômeno da agressividade/*bullying* nas escolas e num programa de intervenção visando a prevenção e redução das práticas agressivas, cujo programa de intervenção está predominantemente centrado nos tempos livres dos alunos na escola e no recreio.

Por isso seu trabalho investiga várias formas de intervenção nestes espaços, visando um melhor aproveitamento desse tempo, não deixando margem para a agressividade entre alunos.

Royer (2003) também investiga a violência escolar, tratando-a como uma questão nevrálgica "que constitui uma preocupação importante para todos os agentes educacionais e, principalmente, para os professores" (p. 57). Seu enfoque se baseia na formação permanente, na aquisição de instrumentos para lidar com as condutas agressivas entre alunos, pelo professor.

Ortega (2003) discute a violência como produção humana, dando ênfase à violência escolar, em especial às agressões físicas e verbais entre alunos. Para isso, a autora identifica vários fatores geradores da violência nas escolas, incluindo formas para sua prevenção. Como modelo, a autora apresenta o projeto Sevilha Antiviolência Escolar (SAVE), incluindo os resultados encontrados com a implementação do programa.

Em Debarbieux e Blaya (2002), dentre todos os autores participantes, Peter Smith, em seu capítulo intitulado *Intimidação por colegas e maneiras de evitá-las,* trata mais especificamente da intimidação entre colegas, identificando os tipos de intimidação, os papéis dos envolvidos, causas da intimidação, além dos efeitos desta nos envolvidos e os fatores de risco individuais para vir a ser vitimados.

Abramovay e Rua (2003a), Abramovay (2003b) e Abramovay (2004) investigam vários âmbitos da violência (doméstica, institucional, escolar) e sua relação com as vulnerabilidades sociais e o envolvimento com drogas. A autora traz várias definições para o termo violência e sua implicação na vida dos jovens, principalmente no aspecto psicossocial e acadêmico. Nesse livro, encontramos dados de pesquisas realizadas no Brasil, e em Salvador, sobre a violência e sua relação com gênero, drogas, família e professores.

Parentes, Saul e Bianchi (2006) retratam a violência como fenômeno plural, complexo, abrangente e multifacetado. Para isso as autoras trazem várias definições sobre o tema, em todas as suas dimensões, dando ênfase à violência escolar. Também pesquisaram os principais tipos de violências que acontecem nas escolas desde as depredações até as incivilidades entre alunos.

Para isso, as autoras se valeram de pesquisas realizadas por diversos autores brasileiros como referencial teórico para seu trabalho. Tais estudos vieram a corroborar os dados encontrados por elas durante sua pesquisa com alunos e professores da rede pública de ensino cuiabana. A maioria dos resultados encontrados não difere muito dos encontrados por outros autores citados. No entanto, as autoras não fazem menção ao termo *bullying*, mas alguns dos tipos de violência encontrados em sua pesquisa, de acordo com as características do fenômeno, podem ser considerados como tal.

Também contribuíram para este estudo os livros de Michel Foucault, *Vigiar e punir* e *Microfísica do poder*. O primeiro deu-nos uma perspectiva da importância da prevenção, pois quando trata das punições, deixa claro que melhor que punir é prevenir os crimes e favorecer a disciplina. O autor não fala das incivilidades ou intimidações, mas fornece pistas para se proceder a uma intervenção eficaz.

O segundo livro traz um entendimento a respeito da constituição do poder, como este exerce força de uns sobre os outros ou mesmo de uma instituição ou suas normas sobre o indivíduo, através da imposição do mais forte sobre o mais fraco.

Além dos referenciais citados acima, vários artigos também serviram de base para o entendimento sobre o tema abordado. Autores como Sposito (1998, 2001); Carvalhosa, Lima e Matos (2001); Anser, Joly e Vendramini (2003); Kodato (2004); Seixas (2005); Lopes Neto (2005); Marriel et al. (2006); entre muitos outros, foram de extrema importância, visto que abriram caminho para novos referenciais para nossa pesquisa. Estes foram os marcos iniciais deste trabalho.

Entidades como a Abrapia[1] e o Cemeobes (Centro Multidisciplinar de Estudos e Orientação sobre o *Bullying* Escolar), este sendo uma Organização da Sociedade Civil de Interesse Público (OSCIP, cujo foco principal é atuar junto às instituições de ensino, para que sejam capazes de identificar e intervir nas situações embrionárias de *Bullying* e interromper seu processo reprodutivo e epidêmico, através de estratégias promotoras

[1] A Abrapia desenvolveu o Programa de Redução do Comportamento Agressivo entre Estudantes, no período de setembro de 2002 a outubro de 2003, objetivando investigar as características desses atos entre 5.500 alunos de 5ª a 8ª série do ensino fundamental e sistematizar estratégias de intervenção capazes de prevenir sua ocorrência.

da educação para a paz, da cidadania e dos direitos humanos – Programa *Antibullying* Educar para a Paz), através de seus *sites*, também contribuíram, de certa forma, para este trabalho.

Nesses *sites*, pudemos encontrar informações relevantes, que nos ajudaram a entender o fenômeno *bullying*, sua gravidade e consequências, assim como nos permitiram entrar em contato com o pesquisador Aramis Lopes Neto, cujo artigo teve grande valia neste trabalho. Também nos permitiram tomar conhecimento do livro de Cléo Fante, cuja aquisição trouxe importante contribuição no entendimento das manifestações do *bullying*.

# REFERÊNCIAS


ABRAMOVAY, Miriam; RUA, Maria das Graças. *Violência nas escolas: versão resumida*. Brasília: Unesco Brasil, Rede Pitágoras, Instituto Ayrton Senna, UNAIDS, Banco Mundial, USAID, Fundação Ford, CONSED, Undime, 2003a.

ABRAMOVAY, Miriam. *Escola e violência*. 2. ed., Brasília, DF: Unesco, UCB, 2003b.

______. (org.). *Escolas inovadoras: experiências bem-sucedidas em escolas públicas*. Versão resumida. Brasília: UNESCO, MEC, 2004.

ABRAPIA. *Bullying*. Disponível em: www.*bullying*.com.br. Acesso em: 29 de maio de 2004.

ANSER, Maria A. C. L.; JOLY, Maria C. R. A.; VENDRAMINI, Claudete Maria M. Avaliação do conceito de violência no ambiente escolar: visão do professor. *Revista Psicologia: Teoria e Prática*, vol. 5, n. 2, p. 67-81, 2003. Disponível em: www.mackenzie.com.br/universidade/psico/ publicacao/ vol5_n2/v5n2_art6. pdf . Acesso em: 24 de abril de 2007.

AQUINO, Julio Groppa (Org.). *Indicisplina na escola: alternativas teóricas e práticas*. São Paulo: Summus, 1996.

______. A violência escolar e a crise da autoridade docente. *Cadernos Cedes*, ano XIX, nº 47, dez., p. 7-19, 1998. Disponível em: www.scielo.br/pdf/ ccedes/v19n47/v1947a02.pfd. Acesso em: 10 de setembro de 2007.

ARAUJO, Rosana Maria C. Del Picchia de; CHEDID, Kátia A. K. *Bullying. violência na escola*. Disponível em www.sinpro-rs.org.br/extraclasse/ mai05/ ideias.asp. Acesso em: 14 de abril de 2007.

BEAUDOIM, Marie-Natalie; TAYLOR, Maureen. Tradução Sandra R. Netz. *Bullying e desrespeito*. Porto Alegre: Artmed, 2006.

BOBBIO, Norberto; MATTEUCCI, Nicola; PASQUINO, Gianfranco. Tradução: Carmen C. Varriola et al. *Dicionário de política*. 3. ed. Brasília: Ed. UnB; São Paulo: Linha Gráfica Editora, v. 2, 1991.

BOURDIEU, Pierre; PASSERON, Jean-Claude. *A reprodução: elementos para uma teoria do sistema de ensino*. Rio de Janeiro: Francisco Alves, 1975.

BOURDIEU, Pierre. *O poder simbólico*. Tradução de Fernando Tomaz. Rio de Janeiro: Bertrand do Brasil, 1989.

CANDAU, Vera M. *Direitos humanos, violência e cotidiano escolar*. Disponível em: www.educacaoarleth.hpg.ig.com.br/artigo09.html. Acesso em: 18 de abril de 2007.

CARVALHOSA, Suzana F. de; LIMA, Luísa; MATOS, Margarida G. de. *Bullying* – A provocação/vitimização entre pares no contexto escolar português. *Análise Psicológica*, v. 19 n. 4, p. 523-537, 2001. Disponível em: www.scielo.oces.mctes.pt/pdf/aps/v19n4/v19n42a04.pdf. Acesso em: 1 de maio de 2007.

CEMEOBES. Centro Multidisciplinar de Estudos e Orientação sobre o *Bullying* Escolar. Disponível em: www.*bullying*.pro.br. Acesso em: 23 de junho de 2007.

COLOMBIER, Claire. MANGEL, Gilbert. PERDRIAULT, Marquerite. Tradução Roseana Kligerman. *A violência nas escolas*. São Paulo: Summus, 1989.

COSTA, Jurandir Freire. *Violência e psicanálise*. 2. ed. Rio de Janeiro: Graal, 1986.

COSTANTINI, Alessandro. *Bullying, como combatê-lo?: prevenir e enfrentar a violência entre jovens*. Tradução Eugênio Vinci de Morais. São Paulo: Itália Nova Editora, 2004.

COWIE, Helen. Juventude e violência: um relatório para a conferência da Unesco. In: SEMINÁRIO DE VIOLÊNCIA NAS ESCOLAS. 2003, Brasília, DF. Desafios e alternativas: violência nas escolas. Brasília: UNESCO, UNDP, 2003.

DEBARBIEUX, Eric; BLAYA, Catherine (org.). *Violência nas escolas e políticas públicas*. Brasília: UNESCO, 2002.

DEMO, Pedro. *Pesquisa e construção do conhecimento: metodologia científica no caminho de Habermas*. Rio de Janeiro: Tempo Brasileiro, 1994.

______. Metodologia do conhecimento científico. São Paulo: Atlas, 2000.

FANTE, Cléo. *Fenômeno bullying: como prevenir a violência nas escolas e educar para a paz*. 2. ed. rev. ampl. Campinas, São Paulo: Verus Editora, 2005.

FOUCAULT, Michel. *Microfísica do poder*. Org. e tradução Roberto Machado. 14. ed. Rio de Janeiro: Graal, 1979.

______. *Vigiar e Punir: nascimento da prisão*. Tradução Lígia M. Ponde Vassallo. 8. ed. Petrópolis: Vozes, 1987.

FREIRE, Isabel P.; SIMÃO, Ana M. Veiga; FERREIRA, Ana S. O estudo da violência entre pares no 3º ciclo do Ensino Básico – um questionário aferido para a população escolar portuguesa. *Revista Portuguesa de Educação*, p. 157-193, 2006. Disponível em: www.scielo.oces.mctes.pt/ scielo.php?script=sci_arttext&pid=S0871-91872006000200008&lng=es&nrm=isso. Acesso em: 9 de agosto de 2007.

GOMES, Celma Borges. A banalização da vida, suas consequências e seus condicionantes. *Revista de ciências médicas e biológicas*, v. 3, nº 1, p. 89-107, jan/jun. 2004. Disponível em: www.cienciasmedicasbiologicas.ufba.br/Pdf_3_1/vol_3_1_12.pdf. Acesso em: 1 de outubro de 2007.

JOHNSON & JOHNSON. *Bullying: perversidade sem limites*. Disponível em: jnjbrasil. com.br/noticia_full.asp?noticia=2001. Acesso em: 4 de outubro de 2005.

KODATO, Sérgio. *Representações Sociais de Violência e Práticas Exemplares de Prevenção em Escolas Públicas Brasileiras*. VIII Congresso Luso-Brasileiro de Ciências Sociais. Coimbra, set. 2004. Disponível em: www.ces.uc.pt/lab2004/inscricao/pdfs/grupodiscussao62/SergioKodato.pdf. Acesso em: 24 de abril de 2007.

LEVISKY, David Léo (Org.). *Adolescência e violência: consequências da realidade brasileira*. Porto Alegre: Artes médicas, 1997.

LIBERAL, Edson Ferreira et al. Escola segura. *Jornal de Pediatria*, vol. 81, n. 5, (supl), p. S155-S163, 2005. Disponível em: www.scielo.br/pdf/jped/v81n5s0/v81n5Sa05.pdf. Acesso em: 10 de setembro de 2007.

LIMA, Raimundo. *Bullying: uma violência psicológica não só contra crianças. Revista Espaço Acadêmico*, nº 43, dez., 2004, mensal, ano IV. Disponível em: www.espaçoacademico.com. br/043/43lima.htm. Acesso em: 4 de outubro de 2005.

LOPES NETO, Aramis A. *Bullying – comportamento agressivo entre estudantes. Jornal de Pediatria*, vol. 81, nº 5. Porto Alegre, nov. 2005, p. S164-S172. Disponível em: www.scielo.br/pdf/jped/v81n5 s0/v81n5Sa06.pdf . Acesso em: 24 de abril de 2007.

LUBISCO, Nídia Maria L.; VIEIRA, Sônia Chagas. *Manual de estilo acadêmico: monografias, dissertações e teses*. 2. ed. rev. e ampl. Salvador: EDUFBA, 2003.

MACEDO, Neusa Dias de. *Iniciação à pesquisa bibliográfica: guia do estudante para a fundamentação do trabalho de pesquisa* 2. ed. rev. São Paulo: Edições Loyola, 1994.

MARCONI, Mariana de Andrade. *Técnicas de pesquisa: planejamento e execução de pesquisas, amostragens e técnicas de pesquisas, elaboração, análise e interpretação de dados*. 5. ed. São Paulo: Atlas, 2002.

MARRIEL, Lucimar Câmara et al. Violência escolar e autoestima de adolescente. *Caderno de Pesquisa*. Vol. 36 n. 127. São Paulo. jan./abr., 2006. Disponível em: www.scielo.br/pdf/ cp/v36n127/a0336127.pdf. Acesso em: 24 de maio de 2007.

MICHAUD, Yves. *A violência*. Tradução L. Garcia. São Paulo: Ática, 2001.

MINAYO, Maria Cecília de Souza et al. *Fala galera: juventude, violência e cidadania na cidade do Rio de Janeiro*. Rio de Janeiro: Garamond, 1999.

NASCIMENTO, André Luis et al. *Guia de mediação popular*. Salvador: Juspopuli, 2007.

OBSERVATÓRIO de violências nas escolas – Brasil. Disponível em: www.ucb.br/ observatório/artigos.html. Acesso em: 20 de junho de 2007.

ORTEGA, Rosário. Programas educacionais de prevenção da violência escolar na Espanha: o modelo Sevilha Antiviolência Escolar (SAVE). In: SEMINÁRIO DE VIOLÊNCIA NAS ESCOLAS. 2003, Brasília. Desafios e alternativas: violência nas escolas. Brasília: UNESCO, UNDP, 2003.

PEREIRA, Beatriz O. *Para uma escola sem violência: estudo e prevenção das práticas agressivas entre crianças*. Fundação Calouste Gulbenkian. Fundação para a Ciência e a tecnologia. Ministério da Ciência e da Tecnologia. Porto: Ed. Imprensa Portuguesa, 2002.

PAREDES, Eugênia Coelho; SAUL, Lea Lima; BIANCHI, Kátia Simone da Rosa. *Violência: o que têm a dizer alunos e professores da rede pública de ensino cuiabana*. Cuiabá: EdUFMT/ FPEMAT, 2006.

PROGRAMA de redução do comportamento agressivo entre estudantes. ABRAPIA. Disponível em: http://www.Abrapia.com.br, http://www.*bullying*.com.br/Bbibliograf23.htm, http://www.*bullying*.com.br/Bestrategias22.htm. Acesso em: 23 de abril de 2007.

ROYER, Égide. Condutas agressivas na escola: pesquisa, práticas exemplares e formação de professores. In: SEMINÁRIO DE VIOLÊNCIA NAS ESCOLAS. 2003, Brasília. Desafios e alternativas: violência nas escolas. Brasília, DF: UNESCO, UNDP, 2003.

SEIXAS, Sônia Raquel. Violência escolar: Metodologias de identificação dos alunos agressores e ou vítimas. *Análise Psicológica*, v. 23 n. 2, p. 97-110, 2005. Disponível em: www.scielo.oces.mctes. pt/pdf/aps/v23n2/v23n2a03.pdf. Acesso em: 1 de maio de 2007.

SEMINÁRIO DE VIOLÊNCIA NAS ESCOLAS. 2003, Brasília. Desafios e alternativas: violência nas escolas. Brasília: UNESCO, UNDP, 2003.

SPOSITO, Marilia Pontes. A Instituição Escolar e a Violência. *Cadernos de Pesquisa*. N. 104. São Paulo: Fundação Carlos Chagas, p. 58-75, 1998.

______ Um breve balanço da pesquisa sobre violência escolar no Brasil. *Educação e Pesquisa,* v.27, n. 1, São Paulo, jan./jun., p. 87-104, 2001. Disponível em: www.scielo.br/pdf/ep/v27n1 /a07v27n1.pdf. Acesso em: 14 de maio de 2007.

TIBA, Içami. *Disciplina: o limite na medida certa.* São Paulo: Editora Gente, 1996.

UNESCO – Organização das Nações Unidas para a Educação, Ciência e Cultura. *Lidando com a violência nas escolas: o papel da Unesco/ Brasil.* 2003. Disponível em: http://www.unesco.org.br/publicacoes/livros/lidandoviolencias/mostra_documento, http://unesdoc.unesco.org/images/0013/001322/132251por.pdf. Acesso em: 10 de setembro de 2007.

# Índice